DREAM

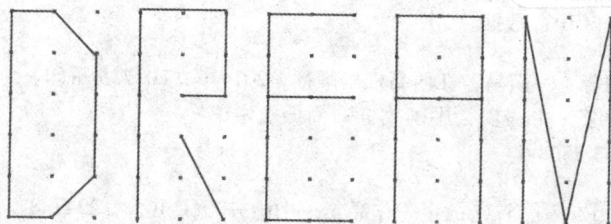

少年梦·青春梦·中国梦:中国故事

完全爱

安石榴 著

江西高校出版社
JIANGXI UNIVERSITIES AND COLLEGES PRESS

图书在版编目（CIP）数据

完全爱/安石榴著. —南昌：江西高校出版社，2014.6（2017.5 重印）
（少年梦·青春梦·中国梦：中国故事 / 尚振山主编）
ISBN 978-7-5493-2568-9

Ⅰ.①完… Ⅱ.①安… Ⅲ.①故事—作品集—中国—当代 Ⅳ.①I247.8

中国版本图书馆 CIP 数据核字（2014）第 115935 号

出 版 发 行	江西高校出版社
社　　　　址	江西省南昌市洪都北大道 96 号
邮 政 编 码	330046
编 辑 电 话	（0791）88170528
销 售 电 话	（0791）88170198
网　　　　址	www.juacp.com
印　　　　刷	北京一鑫印务有限公司
照　　　　排	麒麟传媒
经　　　　销	各地新华书店
开　　　　本	710mm×1000mm　1/16
印　　　　张	12
字　　　　数	172 千字
版　　　　次	2014 年 7 月第 1 版 2017 年 5 月第 2 次印刷
书　　　　号	ISBN 978-7-5493-2568-9
定　　　　价	24.00 元

赣版权登字-07-2014-268

少年梦·青春梦·中国梦——中国故事
[安石榴] 完全爱

醉　猫

外屋哐啷一声，一股冷风蛇行钻进东屋门缝儿，"这天儿，嘎嘎冷，屁沟子冻冰凉！"话落门开，一个大块头一把揪下狗皮帽子撇了，直奔火盆。他在炕沿边站定，转个身，将后屁股对准火盆，黑布棉裤屁股撅了出去，几乎贴上火盆边缘。闷在火盆里的火炭起着一层白色炭灰，老杜义伸手拿起火钳开始翻动，火盆内立马一片粉红，一小股热浪圆鼓鼓地腾起来，逼出大块头身上的寒气，老杜义、老杜义老婆、老杜义小儿子被激得一齐哆嗦了一下。

"他赵大叔可是好久没回屯啦！"老杜义老婆想着那白眉毛白胡子必是化成一脸水了，挪蹭着要下地取手巾。老赵的手已经缓过来，双手往脸上一抹，随即去大腿两侧擦了。这才坐炕上，扒下乌拉，盘上腿。老杜义老婆原道儿退回去坐定。

"好家伙，一家子倒会享受呀。"老赵架着两个胳膊凑向火盆。

"这不刚上炕嘛。"老杜义老婆呵呵笑了。

老杜义身后，炕头旮旯盘着一只猫，此刻悄然起身，弓了身，尾巴竖起，在尖儿上卷个小勾。它贴着间壁墙无声前行。老赵接过老杜义递过来的锥形白瓷小酒壶，掐着它的细脖子仰脸啜了一口。老猫已到炕沿儿，放下尾巴，拖在身后。它并未做停留，一跃，向地上跳去。老杜义突然一回身将它拦腰兜住，拖到怀中。这是一只大狸猫，贴脊骨一条窄窄的黑毛从两耳间一直到尾巴尖儿，其余全是黑灰相间的细密花纹。老猫个头很大，刚好是老杜义一满怀。它没挣扎，但黄眼球正中间的黑色细缝突然裂开，一双黑晶晶的亮眼登时瞪得溜圆。小酒壶重新攥在老杜义的左手上，他右手探过老猫脊背，从它颈下绕上脸颊，拇指和食指打开夹住老猫的两腮。老猫的嘴张开了，小巧洁白的利齿一闪。老杜义将小酒壶抵上去，灌下一口六十度小烧。老杜义一松手，老猫嗖的跳下地，老杜义小儿子跟着跳下地。他跟头把式地冲过去开屋门，又开房门。

大烟炮咆哮着从门灌进来，少年缩着脖子急忙关门，又不甘心，他等了等，侧身拽着门拉手把门开了个缝。大烟炮把前屋房盖上的坡形积雪轰了下来，坠落中搅起漫天白雾，纷纷扬扬什么都不见了。老猫不见了。

东屋南炕上俩男人唠着男人间的事情。老杜义老婆又忙活去了，她整天都有忙不完的事情。少年跳上炕，像老猫一样蜷在老杜义脚边。他从未见老爹有这么多话。少年也入了神，脸上渐渐现出一惊一乍的模样。后来，不知道多久以后，两个人的声音越来越远，越来越模糊，少年睡着啰……梦里老猫在雪雾中穿梭，森林里静悄悄，偶尔有榛鸡发出暗哑的咕咳和笨重的飞翔。老猫匍匐在一根树杈上，目光平静而锐利，只有胸脯上的毛簌簌颤动……

外面飘起雪花，老杜义小儿子激灵一下醒了，他再次跳下地，屋门摔得噼啪乱响，他冲出房门。老猫将口中的榛鸡放在地上，从他脚边溜进了屋。他捡起榛鸡埋到雪窝子里。

掌灯的时候，两个男人手里捏着小酒盅，话终于说尽了。灯影中两人无语，低垂着头各自想着心事。炕桌上的盘中物一片凌乱。

少年在厨房看着母亲。老杜义老婆用剪刀把榛鸡脖子剪开，拿刀将一段皮毛和肉仔细分离。然后，抓着那段分离的皮毛，一点一点向榛鸡的身体部分撕。很快，榛鸡的皮毛整体扒了下来。榛鸡小得不可思议了。她把榛鸡开了膛，掏出内脏，鸡嗉子破裂了，少年看到鸡嗉子中满满的橡子。他吃了一惊——他每次都是吃一惊。少年思绪跑开了，暗暗磨着牙，不能想象榛鸡为什么吃带壳橡子。他母亲此时已经把榛鸡的骨架下到沸腾的锅中，香气从木质锅盖下面飘溢。她用刀面和刀背轮番拍砸榛鸡肉，拍成肉糜，放在一只小盆里，又在手中变成一个个指甲盖大的小圆球。母亲指指东屋，让他回到炕上去。

一大瓮飞龙珍珠汤端了上来。两个男人即刻精神百倍，话匣子再次开启，和漂浮在大瓮上的白气一起四处游动。

"喧亮！"老赵叫了一嗓子，"天上的龙肉，地下的驴肉嘛。"

"呵呵，飞龙啊？"老杜义不信。

"知道不？就是这个龙。"老赵笃定地说，"在早，这是贡品呐，皇上吃的。"

喧亮个屁！连个鲜亮都不会说。老杜义小儿子心里骂了一句，脸上现出一个不屑的表情，谁都没发现。这一阵子他总有一点莫名其妙的火气。少年从口中吐出一枚榛鸡丸子，用手擎了伸到炕桌下面去，手张开着，小丸子在手心儿上。老猫睡得深沉，酒劲儿从心上走到它的头上去了。于是，那只手就把小丸子运到手指尖上，轻轻放在老猫的嘴边，鼻子下。

深居山中

　　父子两人走进深山老林，是十二年前的事情。那时，父亲三十八岁，儿子八岁。他们上路的时候，父亲并不确定此行的目的，从前他也一直过着走一步看一步的日子。儿子跟在父亲身后，还不会问为什么，一门心思记数脚下量过几个白天和黑夜。这件事他起初干得很来劲儿，后来累垮了，就不记了。只有两件事，一段明亮的鹅卵石河滩曾经令他久久不忘，林中穿行时，各种不同的鸟鸣，他也欢喜。然后，他们走上一条不分开蒿草和杂树就不知道还有一人宽的毛毛道。正是盛夏时节，儿子的脸和胳膊被绿叶子划出一道道血痕，沁过汗水，火辣辣的痛。他们的食物全吃光了，他们遇见了一个小房子。房子可真小，一个小窗户，一个小门，窗户和门框由带皮柞木小杆做成。小窗子打着井字格，柳条子编的门大敞四开。屋里没有人。父亲先看到的是地上两节光皮树桩，他知道它从前是长着长着却长空了的树，现在它们是木桶。父亲打开来，吁出一口气，一个桶里装着玉米面，一个桶里装着小米。不管主人在还是不在，他知道他可以熬一碗粥和儿子一起喝。然后，他才看到桶盖上一层厚厚的灰尘。小屋里只有一铺小炕，儿子叫了一声，他发现炕面子上紧挨着烟囱根儿的地方一蓬绿莹莹的青草。小房子塔头墩垒砌。塔头墩哪来的呢？很久之后，父子俩上山下套子，走出去很远，碰到一块沼泽地，苔草和泥炭凝结成一个个塔头墩，列队似的布满沼泽，缝隙中的水闪闪发亮。父亲告诉儿子，小房子的主人不会回来了，小房子是我们的家了。儿子问，那个人去哪里了？父亲摇摇头，望着青山，没话可说。从此，他们安心睡在主人铺在炕上的狍皮褥子上，使着主人的铁锅，遇上爆发火眼，父亲摘下天棚上的熊胆用上一用。

十二年之后，这些东西还用着，只是熊胆又换了一个，父子二人打到一只黑瞎子，取了胆。先前那一个也并未用完，他们送给了一个采参人，人家留下一斤食盐。

父亲的思绪戛然而止，他不乐意想起的事情更多些，他躲避它们。他躺在炕上好几天了，昨天傍晚他嘴角突然流出一丝涎水，儿子以为父亲想荤腥了，对他说，明儿个我进山，打个狍子吧，回来炸上。

清晨，儿子把一碗小米饭、一碗水放在父亲枕头边，他没事儿的时候坐在外面柴火垛上给父亲刀刻了一只红松木夜壶，也放在伸手可及之处。然后他说，妥妥的了。父亲想，儿子还不知道他不会说话了，儿子从未见过垂死的人，他哪里知道一个要死的人是什么样子呢？

儿子向山上走去，很快进入一片针阔混生林。山中六月，树木茂密藤萝繁盛，父子两人在另外三个季节开辟的便道还原成林木，他用猎刀一边清理一边前行。两个时辰后，他终于进入松林。他松了一口气。阳光透射进来，投下或疏或密的亮点和亮块。倒木上有一只花鼠。他在稍远处停下来看，不想打扰它，却觉得有趣。花鼠独处的时候也是一副慌张惊恐的样子。它嘴里含着松子，两腮鼓鼓的。他知道它在晾晒储物，可是，要把一粒松子放到倒木上，它却不能一次做到。它哆哆嗦嗦的跑来跑去，四下张望，总要几次三番才肯放下。小东西发现他了，仓皇逃窜，再也不出来了。他走到近前去，倒木上蘑菇、松子摆了一排。多么会过日子的小家伙！他猫着腰又看了一会儿，捡起一颗掉在松针上的干蘑菇，替它放在蘑菇队列里。他没有跨越倒木，而是绕了过去。

他走出了松林。前面是一片开阔地，草海紧连着阔叶林带边缘，他在那里会找到狍子。但他并没有马上行动。他坐了下来，双手扳着两腿交叉盘结处，头低在胸前，然后他突然松开四肢，仰身躺下去，蒿草淹没了他，天空瓦蓝瓦蓝，他看着那一方蓝，发了好一阵子呆。他爬起来，拿过枪。山林被亘古积累的庞大寂静裹挟着，一颗子弹的爆裂声似乎被那寂静扼住了，与一根垂挂很久的枯枝突然坠地的声音不相上下。他肩着狍子踏上归途。

松林里出了大事。那根倒木被推翻在一边，蘑菇和松子撒了一地，倒木下现出一个被破坏掉的小土洞，留下了入侵者的足迹。他仔细端详着，想，这是个大家伙。他把狍子放在地上，捡起蘑菇和松子揣进怀中，爬上一棵松树，选一根粗枝，把它们摆在树枝上。要是小东西那时候恰巧没在家，要是小东西躲过了黑瞎子的魔爪，它就会找到它们。

剩余的路已经不多，也不难走，他走在自己早上开出的道上。他走出针阔混生林地的时候，对面山上的林木一片黑暗，灰蒙蒙的雾气在山谷间翻滚流荡。小房子没入苍茫之中，就像沉入急流之底。他知道它在那，可是他看不到它。他不敢再往下想。狍子横在肩上，他两只手分别抓着狍子的前腿和后腿，抓得牢牢的。然后，他站在那儿，呜呜咽咽地哭了。

它们的规则

　　秋天，二敏家的燕子飞走了。燕子的黑色影子还时常在二敏的脑子里盘旋着呢，燕子窝却住进去两只麻雀。两只小球一样肥肥的麻雀。二敏发现的时候，吃了一惊，那是燕子的家呀！你们怎么可以住别人的家呢！麻雀每天从二敏家人的头上飞来飞去，二敏有时忘了那是麻雀，它们从燕子窝里出来，大大方方落在庭院中。它们总是突然降落，不像燕子那样低飞滑翔，二敏就觉得那不是麻雀，是两片落叶。它们落在地上莫名其妙地啄食，二敏跟着它们看，地上什么也没有，它们啄什么呢？

　　二敏家三间大砖房，中间开门。门上方有遮雨的水泥雨搭，燕子的窝就筑在雨搭和墙壁上，在那一段时间里，二敏看着燕子夫妻辛苦筑窝，一粒一粒的泥巴衔回来，粘在一起，从不厌倦，从不偷懒。终于筑好了，小小的出口，大大的肚子。好聪明的燕子哦，出口和大肚子之间有一段窄窄的走廊吧，二敏想一定有些冷风和灰尘被挡在这个走廊里了，它们的房间又大又舒服就像二敏自己的房间一样。二敏负责打扫燕子落在水泥地面上的粪便和草棍儿，就像现在打扫麻雀落下的粪便和草棍儿一样。不过，二敏心里总有一个问题，明年春天燕子回来了怎么办呢？

　　可是二敏不恨麻雀，这让二敏害羞，觉得对不起燕子。燕子飞走那天围绕着二敏好久，长尾巴轻轻拂了二敏高吊着的马尾辫，黑缎子似的羽毛，亮晶晶的眼睛，二敏都看得清清楚楚。然后它们长长地叹息一声飞过栅栏，飞上天空不见了。二敏哭了，她知道它们飞走了，今天晚上不会回来，整个冬天都不会回来。她怎么能不想它们，不牵挂它们呢？

麻雀住进燕子的窝，燕子辛辛苦苦筑的窝。可是二敏不恨它们。它们也很漂亮哦，褐色羽毛上点着整齐的小黑点，尾巴翅膀短短的，嘴巴脖子短短的，憨憨的模样。二敏看到它们就想双手捧一下它们圆圆的胖乎乎的身体，一定超级好玩儿呀！

二敏觉得很美，燕子飞走了，麻雀来了，总有小可爱陪伴她。

冬天来了，麻雀更胖了，不知道是换上了更厚的羽绒服还是太贪嘴了。下大雪的时候，地面、草垛、场院都被大雪覆盖了，二敏担心麻雀找不到吃的，她扫出一块庭院来，撒下一捧小米。麻雀像两只小圆球跳跳停停地奔向小米，叽叽喳喳啄呀啄。那个疑问又来了：春天，燕子回来怎么办呢？麻雀只顾吃，不回答二敏的问题。

春天来了，小河解冻了，唱起欢快的歌儿，柳树的绿枝条随风飘动。二敏每天放学急急地往家走，她走得一身汗，走得忧心忡忡。可是，那一场不可避免的尴尬还是让二敏撞上了。

一片喧哗呀！

一只肥肥的麻雀堵住燕子窝口，小脑袋隐在黑暗中不住地东张西望，另一只麻雀站在雨搭上，像公鸡那样戗起羽毛，吱吱尖叫。庭院里晾衣服的铁丝上，两只燕子并肩而立。它们吵得很凶，叫声很高。二敏还头一次知道燕子也可以叫得这样响呀！二敏和燕子的眼睛相遇了，她的心跳得好欢呀，只那一眼，二敏就已经明白，燕子窝的主人回来了。二敏还在傻站着，燕子双双飞起来，向燕子窝俯冲，那只戗起羽毛的麻雀立刻飞回窝中和另一只会合，死死堵在门口。燕子落不下呀，它们哀鸣着，再一次落在铁丝线上。

怎么办呢？二敏急得要哭了，麻雀和燕子也暂停了争吵，似乎在琢磨新的办法。随后，又一轮争吵开始了，双方叫嚷得真厉害呀，铁丝线发出细小的嗡嗡声，雨搭下簌簌地震落几缕灰尘。一只燕子高叫几声，震住了两只麻雀和另一只燕子，然后它们四个就屏住气息，歪着头，瞪起眼，一齐向二敏看过来。二敏也在看着它们，那些黑黑的眼睛，亮亮的眼睛，就像暖洋洋的风儿，凉丝丝的月光，不能欺骗的呀！二敏狠狠地点了头，点过了头，才喃喃地说：是的，那是燕子的窝，我确定。

燕子沉默了，麻雀也沉默了。好久，一只麻雀在另一只麻雀的脸上轻轻地啄了一下，另一只的小脑袋马上贴过来，两只麻雀紧紧地贴着贴着，然后，它们飞出燕子窝，没有停留，飞得无影无踪……

那天晚上，二敏睡觉的时候，妈妈给她另加了一条压脚被，妈妈说：春寒哦，晚上冷呀，别冻着我的小宝贝。二敏缩在被子里，蒙着头，偷偷地哭了。是啊，春天的夜晚真冷，麻雀到哪里去了呢？它们冷不冷呀？二敏怎么能不想它们，不牵挂它们呢？

完全爱

这是一个小而干净的城市。

一个女人抱着孩子走在街上。

这个女人抱着孩子走在街上，周遭的一切即使不是俯就于她们，也是偏爱于她们的。绿荫浓浓地垂下来，阳光有节制地播散，微风小缕小缕地缭绕而来，却也并不拖沓，轻巧地逶迤而去，只把调理好的熨帖留给母子二人，哦，当然，还有一同走在清晨里的疏疏落落的行人。

女人抱着孩子走得优雅。她的一双裸色圆头小羊皮高跟鞋叮叮咚咚欢快地敲击着洁净的路面，水红撒肉色圆点的真丝连衣裙衬着修长圆润的小腿和胳膊，有一种迷离的美丽，黝黑高耸的发髻下面一张让人难忘的温柔恬静的脸。怀中的小孩子呢，怎么形容？可爱的粉团，白嫩的鲜藕，瓷娃娃，玉蝴蝶——人间的圣母圣子图啊！

女人抱着孩子在宁静而温馨的城市之光中行走，走出了一道风景。她是喜悦的，她又是博爱的，她把喜悦的微笑送给怀抱中的孩子，迎面走来的行人，无处不在的透明的空气，和浓郁的绿，她走出一片祥和。

这个女人抱着孩子走到当地人俗称作"岗"的地方，她从岗上往下来，下面是一段有着一定角度的坡略。突然，鞋跟的叮咚声凌乱起来，行人的惊呼骤起，只见女人趔趄着向下滑倒，她一定是尽了最大的努力，仿佛是一棵狂风中孤独的小树，全力抗击着意外袭击，挣扎中平衡着自己。她向后仰起身体，一定是想坐下去，化解危机，结果推动的力量太大，她还是向前扑倒了，但在最后一刻她机智地双膝着地，避免怀中的孩子触地，然而旁观的人看得清楚，这个动作在那样强烈的惯性下定然解决不了所有问题，孩子在她的胸前必定首先遭遇伤害，就在她双膝瞬间着地的同时，人们看见她侧转了自己的身体，仰面横躺在路上，小孩子被她紧紧地搂在胸上。她的确停住了，路边的广告箱帮了她最后一个忙，她的头撞在它上面。

女人迅速起身，她跪在地上，仔细察看放在腿上的孩子。她发出一声轻轻的然而又是痛苦的惊叫，她看到了孩子身上的血，可是血下面并没有破损的肌肤。女人的手急切起来，更快更仔细地检查孩子的身体，她打开了孩子的衣服，前胸，后背，四肢，屁股，一一检查一遍没有受伤。女人颤抖着手一下下分开孩子头发，没有受伤，可是，孩子身上的血滴却越来越多。女人捧起孩子的脸，孩子自始至终没有哭闹，他一定是以为妈妈在和他游戏呢，竟然呵呵笑了，伸出粉粉的舌头舔妈妈的手！怎么回事呢？女人显然完全沉浸在惊吓当中，她翻开孩子的小嘴唇继续察看，仍然没有问题。

这时候，一位老阿姨快步从街对面赶过来，她手里拿着一包面巾纸，在女人身边蹲下来，说："好姑娘，别在孩子身上找了，你的小宝宝没有受一点伤，你保护得非常好。受伤的是你，你的鼻子出血了，孩子身上的血都是你鼻血滴上去的！"

女人仍跪在地上，听懂了老阿姨的话之后，她闪动着明亮的眸子羞赧地笑了。

这是一个小而干净的城市。

一个女人抱着孩子走在街上。

路上的每一个人，都深深地知道自己也曾经在这样一个女人的怀抱中。

你是谁不重要

厉剑开会的时候是从不带手机的，可偏偏这一次忘记放在办公室。副校长正在主持会议，厉剑手机的短信铃声突然轻轻呻吟了一声，声音非常小，但是厉剑感觉十分不妥，马上拿出来摁键消音，却又意外摁在打开键上，一组字就只好摆在厉剑的眼前：左领子卷曲了请整理。厉剑关掉手机，停了几秒钟，不动声色地抬起左手，捋了一遍西服左领子，的确，领子翻起。他向主席台下面扫了一眼，三百二十四名教师，一片年轻的面孔，一律专注的眼神。

回到办公室后，厉剑打开手机，那是个陌生的号码。似乎不必在意，他便把这件事丢开一边。一位省重点中学的校长，很有定力。

而后，夏天急急地热热地来了，厉剑走在校园浓荫的葡萄架下，手机颤抖了一下，厉剑打开，简短的四个字：节日快乐！他想了一下，笑声就从他的胸腔里喷薄而出，今天是儿童节，所有被珍爱的童心最快乐的一天。他相信，因了这个短信，他是快乐的。而且，他还愿意相信，这样每天笑一次，两鬓的白发就黑了。

这一次厉剑回到办公室把学校的电话号码本拿来核对，却并未发现那个陌生的号码，这并不意外，有的老师使用双卡手机，维护自己的隐私。

但是，很显然，这个信息一下子挑起了他的兴致，厉剑也仍然没有刻

[安石榴] 完全爱

意想知道是谁，他觉得那人总有藏不住自己的时候。只是从此以后，他有一点盼着这个号码。

很久之后厉剑收到了一个脑筋急转弯，他兴致勃勃地思考了大半天，听工会主席汇报迎新年事情的时候，他的脑筋突然转明白了，脱口而出："嘿，明白了。"接着大乐，座下的皮椅子吱吱欢叫起来，胖老太太都吃了一惊。

厉剑第一次回复了短信，马上得到"聪明"两个字的奖赏。这仍然是个小巧的俏皮，但是，莫名地，厉剑感觉到一种人际关系上的拉近，仔细揣度又似乎比好感多着点什么。所以下午的时候，厉剑再一次伸出橄榄枝，有些居高地发出一条信息：这次人员调整，反应如何？没有回复，一直都没有。他偶尔回味一下自己的短信，有点疑惑，有人不认为那是"信任"吗？这么多年还是头一次遇到挫折。过了整整两个星期，寒假开始了，学校里只有留守的几个人陪着他，他收到了硬硬的几个字：只赚教书育人的薪水。

厉剑反复地琢磨这几个字，竟然大为震动。作为一个组织系统的头号领导人，他的触角无处不在，他的信息网二十四小时畅通无阻，他依赖它们，但是内心深处很不屑，现在年轻的知识分子为什么那么容易……怎么说呢？那么容易出卖自己的灵魂。

但，这一个是另类。

厉剑这一天过得极为激荡，仿佛青春的活力重生，最后把自己都感动了，眼睛湿润润的。从这一刻起，他想知道那个人是谁，想知道那个人是男人还是女人。

他按着自己的方式设计起承转合，但那是不顶用的，厉剑学术研究一般进行筛选，政客一样试探周旋，而那个神秘的人没有出现。

厉剑并不显得沮丧，但是，他知道自己内心深处是多么焦躁，焦躁到孤独和寂寞的绝境。那个已经不是陌生的号码与他不离不即，时而给他爆发般的快乐和深刻的慰藉，还有就是悠长的烦恼。

校园里的玫瑰花、月季花、小桃红、丁香全开了，各种香精摇曳着周而复始的青春的欢愉，厉剑感觉到了那个征兆，手机信息的铃声骤然响起：谜底即将揭晓，五分钟之后敲响你的房门。

几分钟后，走廊响起高跟鞋嘟嘟的声音，厉剑觉得一下一下都敲打在他的心上，他觉得这很浪漫。可是浪漫的东西却总有失于庄重的嫌疑，厉剑突然就落寞了，他到底真的希望这个结果吗？希望吗？但是房门被敲响。

一个老套的故事，一个挣不脱凡俗的人。厉剑这样想着，并没有抬头，疲惫的低低的声音："请进。"

门开了，工会主席胖大的身体阴云一般弥漫开来，她手里抓着一把大大小小的人民币票子，大声说："收会费啦！"。

厉剑怔了一下，便发出不加遏制的大笑，任凭胖老太太傻傻地发呆。

厉剑一边大笑着一边去看桌子上的台历：庚寅年4月1日。

栋　梁

　　我小的时候，祖母给我们讲老东北故事，结尾总是死亡，几乎无一例外，而且大多小小年纪就夭折，长到十几岁都大不易似的。祖母的故事都是家族故事、左邻右舍故事和屯子故事。我那时虽然知道死亡不是件好事，终因年纪小，不懂悲悯，有时候故意调皮，以为可以气到祖母。记得有一次祖母讲着讲着，叹息一声，哎，都二十来岁的大小子了，冬天上山拉柴火，渴了，吃了几口雪，急了些，呛着了，回家就生了痨病死了……心不在焉旁听在侧的我，一定为着点什么事情犯倔，没心没肺地说，二十岁了才死啊！我祖母笑了，好像并未因为我的话而生气。现在想不起来祖母笑的样子了，有几次我试图想起祖母彼时的笑容，想通过场景再现把握祖母真实的内心，但是不能够了，而我的内疚却是越来越清晰了。

　　我记得有一次在下屋淘宝，一番推动腾挪之后，发现一个悠车，像一个等待我发掘的大元宝那样，灰扑扑地藏在一处角落。我费劲巴力地将它抱到屋里去，放在炕上翻里面的物件，我对我正在寻找的物件没有任何期许，我不知道会碰到什么，总之只要是没见过的东西，我就会惊喜。祖母一边哎呀呀叫着扑打四处飞落的灰尘，一边说这是你的悠车啊。我停住手，看着油漆斑驳的悠车，那么小，只能睡下我的枕头。我曾经在……里面？我轻轻碰了下悠车的边缘，问祖母，我多大时候在里面呀？祖母笑了，说，不大点儿嘛。然后，祖母随口讲了一个故事。

祖母说，那时候她的一个亲戚得了一个孙子——我祖母的亲戚太多了。据我母亲讲，西北河是个很大的屯子，整个西北河差不多都姓赵，那是我祖母的娘家。老赵家得了一个孙子，满月的时候正当东北的阳春三月。大杨树仍枯着，近处仔细看，枯皮下已透出莹莹绿意，节骨处鼓出又紫又绿的小圆包，不久就会变成嫩芽儿。喜鹊来做窝了，老赵家立马沸腾了。因为有个难逢的机缘。这棵大杨树就在老赵家窗外，园子里，趴窗户上就能看见两只喜鹊的一举一动。赵家的爷爷奶奶、爸爸妈妈、叔叔伯伯可就一起上了心了。他们一边把悠车取出来，里里外外擦干净，铺上小被褥，吊带理顺，吊环擦亮，放在炕上预备着，一边轮番盯着两只喜鹊做窝。第一天，喜鹊夫妻叼着一根根足有自己身体长的细枝条，从早忙到晚，只搭了一个窝底，看起来就像大风吹起一小撮烂树枝卡在大杨树的枝丫上，乱糟糟的，很难想象未来的窝会是什么样子。第二天，喜鹊夫妻起飞和降落的次数多了起来，叼着树枝站在窝底上，并不轻易松口，这试试，那拨拨，放到最佳位置才展翅飞走再寻另一根树枝。直到粉霞涂满西天，喜鹊窝已经完成近半，虽然看起来长毛婆娑，但内里半球形窝状已经十分清晰。赵家爷爷颜色大展，说，妥了，明天必有好戏。第三天一早，赵家爷爷督阵，吩咐大儿子紧随身边，另四个儿子蹲在炕上，悠车周围，两人捧住悠车，两人抓紧环带。再命儿媳奶好孙子，把他放在悠车中。全家大小屏声静气，凝神谛听爷爷的指令。爷爷此时带着大儿子趴在窗格子上——窗格子上并不全糊窗纸，中间几块镶着玻璃。喜鹊夫妻对屋子里的事情一概不知，它们仍在辛勤劳作。窝巢建设一半，正是关键时期，需要格外小心谨慎，挑选粗枝担当大梁，承上启下。喜鹊夫飞来了，口中叼着一根大枝，稳稳落下，它似乎胸有成竹，并未多思量，叼着的树枝也没有放下，抬起头来，那根树枝高过头顶，就像人们将手中之物举过头顶那样，树枝平平地横在头上。它照准了窝上两边打着叉的"小支架"，脚下向一边挪动了几步，然后——爷爷趴在窗格子上叫道：挂！叔叔伯伯们"呼"的一下站起来，急促粗重的呼吸加上手、铁环、木头梁子相碰混合

少年梦·青春梦·中国梦——中国故事
[安石榴] 完全爱

一种难以描述的暗哑，声音不高，却充斥整间大屋。屋外面是听不到的，就像屋里的人也听不到喜鹊窝同时发出一声游丝般的轻响，那根树枝落在了它应该担当的位置上。爷爷啪啪拍了两下手掌，哈哈大笑，说：妥了，小五子大号就叫赵栋梁！你们都给我听好了，赵家将来就指望他了，往后有个危难遭灾的，全保我这个孙子。没看到么？我们逮着了喜鹊上房梁的时辰，这是老天爷的旨意，给我们家降下一个栋梁之才！这一天，多少年不下厨房的奶奶破例亲自做了几个菜，赵家全家上下喜气洋洋。

祖母讲到这里，自己都忍不住眉开眼笑了好半天。那时候我真是太小，还是不明白。我问，怎么了？喜鹊做窝和这个小孩有什么关系？祖母说，喜鹊上房梁的时候挂悠车，这个孩子将来必有出息。我哦了一声，表示知道了，其实我并不明白。后来我慢慢长大，亲自见过喜鹊做窝，就更糊涂了，那个球形的窝巢，哪一根才是栋梁呢？怎么判断的呢？这才知道那位赵家爷爷的确不容易啊，他得有一颗多么坚韧、纯真的心，支持他的信仰，指引他做出判断呢？这些都是很多年之后才破解的内涵。小时候哪里会想到这一层。记得当时我非常急切地问祖母一个问题，我说，奶奶，那这个小孩后来怎么样了？祖母半天没言语，她长长叹了口气，说，想想怪可惜的，栋梁这孩子还真是读书的料，学堂的老师都说他能出息。长到十五岁，那年秋天不知道怎么回事，山葡萄大收，人们都上山采葡萄，他也要去，他爸爸就不让他去，让他念书。小孩子都贪玩儿嘛，他偷偷和几个野孩子上山了。结果与别人走散了，抹搭山了（迷路了）。等人们找到他，已经是十几天之后的事情了。他趴在一处山泉里，死了。祖母自言自语，说，必是渴急了。可是，都趴在水上了，怎么还死了呢？祖母一边说，一边叹息，一边摇头。

很奇怪，这么多年过去了，此时此刻，祖母摇头的样子，我竟然还记得，祖母叹息的声音似乎也在耳边了……

英雄暮年

读萧红，你记得有二伯么？

我读萧红的时候还小着呐，十八九岁的样子。趴在枕头上，肚子贴着滚热的炕，我跟母亲说——我不在家的时候母亲接着读——我跟母亲说，萧红她爹把有二伯打躺地下了，鼻子都出血了。我妈妈哦了一声，老跑腿——

东北人说跑腿儿，跑腿子，光棍儿，都是指一类人，单身汉。

我离那个苦寒而动荡的年代老远了，当我以抒写形式重新切入那个年代的时候，我发现那是个遍地单身汉的年代。不知道社会学者怎么看，我是以不太靠谱却比较有效的举例法发现这个问题的，但以一种常识来观察，也能提供论据。东北是个移民地区，地广人稀，有些人一辈子没有机会成家。

这个思路顺下去，老东北人意会地一笑，以为我会写一个主妇和跑腿从炕头滚到炕梢的故事。哈，不会的，这个故事不会指向"拉帮套"、"搭伙"上面去。我要讲的是个"正经"故事。

"正经"，这里指的是全部宗法秩序，而不是其中之一。我母亲说，你们家——我母亲永远说你们家，而不是我们家——你们家没断过老跑腿。不过，话又说回来了，你们家的老跑腿都是亲戚，没外人。我母亲说，正经人家是不留跑腿的。她解释道，就是不留外人。我母亲的话没有矛盾，这里有一个我们共同理解的语境，只是略微复杂，接下来的对话也一样。我说，长工不就是外人嘛，我就知道我们家还有个老长工张大老实呢。我母亲说，长工不一定是跑腿。我说那长工老了，难不成还扫地出门了？那不就真成了恶霸地主了么？我母亲说，不是那么回事儿，没有几个长工在主家干到老的。再说，长工也不一定就没家，他只是来干活挣钱。老家或者别处没有老婆儿女的，也还有侄男阁女呢。我母亲说，我就告诉你，正经人家并不收留不相干的外人。

是有点绕，你看不明白也没关系，跳过去。

我祖父去世后，我叔祖父当家，我们家有两个跑腿，一对亲兄弟，我第一个祖母的娘家弟弟，我母亲叫他们老杜二舅、老杜三舅。那就是说，他们的姐姐姐夫都死了，他们还是投奔了我们家。我问母亲，那我老爷没打过他们么？我早就知道，我祖父和叔祖父兄弟俩都是火爆脾气。我母亲很奇怪地看了我一眼，为啥打他们呢？房子有的是，蹲着去呗，粮食也不缺，不差他们那一口呀。一个"蹲"字，很有意思。我就明白了，我叔祖父不打他们也没有好好待承他们。因为是亲眷不能拒绝他们投靠，给他们最低的保障，然后由着他们自生自灭罢了。

萧红写有二伯时，也说得相当清楚，她说，有二伯是亲戚，祖父说，日俄战争的时候，多亏了有二伯……

在这些文字里，你看到了什么？尽管你有点资本，年老的时候，也不一定有好结果。有二伯被少东家打躺地下了，有二伯愤愤不平，他还几次要上吊、跳井。他的这点勇气也是年轻时功勋飘带上滴里搭拉的流苏绦子吧？旧到腐，不顶用了。

老跑腿都没有好结果。我就没敢问，我们家的老杜二舅、老杜三舅终老时什么样子。

说穿了，事情很可能是这样的——萧红也说，有二伯三十几岁就在张家了，那么说，他三十几岁之前的青壮年时期是在别处的。我们家的老杜二舅、老杜三舅年轻的时候也不在我们家，衰老的时候投奔外甥家。这就是我母亲说的那种。

　　这些跑腿年轻力壮的时候干了什么？我的脑子里，这绝对是一个问题。

　　他们老了的时候都很悲惨，我不喜欢，我偏爱狠茬子与激荡的故事。我问母亲，老跑腿就没有牙爪（厉害）的？我母亲乐了，说，老得都散了架子了，还能牙爪？不过也有一个各色的老跑腿。我母亲想了想说。那可是我们家的亲戚，不是你们家的。我母亲分得可清了。我母亲说，那是个大家子，光男孩子就十来个，个顶个都像强盗似的，没人治得了他们。当家的没辙了，在堂屋置一个大案子，四边儿放条凳，让他们在堂屋吃饭。大人们在东屋炕上吃。外屋地每顿饭都鬼哭狼嚎，盆碗朝天。一天，他们家出走几十年的叔爷爷回来了。从此以后，老头抱一根皮鞭子坐在堂屋看着孩子们吃饭，调皮捣蛋的，一顿狠抽，几天的工夫都老老实实的了。我母亲笑着说，就像小猪羔子似的，闷头吃得一欻欻的，吃完二话不说，撂下筷子就走人。

　　我说，牙爪呀，他怎么这么硬气呢？

　　我母亲没接我的话头，她说，后来，那十来个孩子中有一个好么央（忽然）的就离家出走了，再也没回来。

　　我说，那一定是鞭子打跑的。

　　我母亲说，不是，他们家就这血脉，一辈出一个。抱大鞭子的倔老头是爷爷辈子上的，好歹他还回来了。他有个侄子也是年轻时走的，一直没回来，指不定就死在外面了。他那个侄孙子排行老六，叫六合子，反正我们家离开陶赖昭的时候，六合子还没信儿呢。

　　原来如此。

　　我写这个故事的时候，正是数九寒天。窗外有棵桦树，一群球一样的麻雀在啄食散落雪中的桦树种子。麻雀们倏地飞走了，稍后，一只杂色野猫慢腾腾走过，看不出有半点失落。我就想啊，这老头年轻的时候，干过什么呢？

石 榴

　　杨玉德是个巧匠。巧匠是不念书的，他们压根儿就不爱念书。他们喜欢琢磨的东西都不在书本上，不在学堂里。杨玉德的父亲使了阴招子，给杨玉德的哥哥杨玉轩穿细布衣服，人家是读书郎呀；杨玉德穿粗布衣服。杨玉轩带四喜帽子，着翁得；杨玉德光脑袋，穿乌拉。父亲对杨玉德说，你还是不去念书是吧？那就得学一门手艺。家里请了木匠师傅教他学木匠。主家养着师傅，师傅带着主家的儿子，这可不是老例，是想让儿子少遭些罪吧？错了，一点也不。杨家大院一角辟出一个木板棚子，四处露风，没有门，只有一个供出入的口子。天寒地冻，杨玉德光头，穿揎上草的乌拉，被师傅赶到门外刨木方。耳朵、脚、手都冻坏了，小手指头留下永久的小残疾。杨玉德还是不进学堂。到这个份上，杨玉德的父亲也只好屈服了。

　　杨玉德没当木匠。虽然这一行他学得精，着实露了一手，做了几件漂亮的家具，被一帮有见识的老乡绅啧啧称赞。他却不碰家里用做间壁的苏州隔扇。他小心翼翼地轻抚苏州隔扇上面的木雕花纹，说，现在我才知道它们多么精美。每天晚上，杨玉德的三位叔叔在西屋通条大炕上"咣咣"上着苏州隔扇的时候，他心里都要扑腾扑腾跳上几下子，担心叔叔手重。

　　杨玉德不上学，专门琢磨玩儿的物件儿。夏天昼长夜短，他淘换到几根长竹竿，做了两管笛子，两管箫。成功之后，他又做了胡琴和扬琴，还有大大小小的阮。在众多的叔伯兄弟姐妹中总能找到知音。过年的时候，吹拉弹唱，热闹乐呵。门外挂着杨玉德用零碎时间做的冰灯。松辽平原上的陶赖昭，腊月里起着干燥凛冽的寒风，红烛在圆球、菱形或者圆柱形晶莹剔透的松花江冰里，衬着屋里热闹的春江花月夜，上演烛影摇红。一进入正月，西北风依旧长驱直入，却卸下了刀子般的锋刃和雪的累赘，放风筝的好时光就到了。杨玉德做好一只硕大无朋的刘海戏金蟾，带着外甥李廷和放到天上去。那时，天上已经漫天风筝了，地上滚着秫秸秆做的大西瓜，中间儿还有踩高跷扭秧歌的，看秧歌的人手上握着小风车。全陶赖昭的人都出来玩儿，各有高招。刘海戏金蟾还是引起了一场轰动。

巧匠就是这个样子的，什么都难不住他，他什么都会，什么都感兴趣。

只是，杨玉德不念书。死活不念。

杨玉德爱上了汽车。这是很多年之后的事情了。从前的那个大家族分成若干个支系。杨玉德和哥哥杨玉轩跟着父亲另立门户。然后父亲年老了，成为儿子的附属。就是这时候，杨玉德和杨玉轩卖了一些产业买了两辆美国汽车。他的父亲让人把棺材做好，也仅仅是由几块厚板变成白茬棺材，他没有被儿子气死，儿子也没有被父亲吓住，两辆汽车还是开到家里来了。杨玉德从长春请来师傅。和别的师傅一样，这位师傅也尽量的留几手，不厌其烦地拿捏着难为他。他还是很快就会开车了。然而，他想把汽车从里到外都弄清楚，就像他从前玩过的其他物件儿那样，却遇到了麻烦。原来这东西还真是不一样，外国的东西就是不一样。他这才真正把师傅高看起来，恭敬得不行。师傅却固执地守着自己的老规矩，一味儿抻悠起来看。很长一段时间，什么进展也没有。杨玉德心里憋着一口气，想，等我带徒弟，你瞧着吧，我一点不留，都早早教给他。两年之后，他彻底征服了洋车，自己带了一个徒弟，他没有食言。徒弟跟他混成了哥们，眼瞅着越来越没大没小。师徒两人不出车的时候，衣着随便，穿宽松舒适的便服。徒弟从外面回来，狗卧在房门口打盹儿。徒弟可以绕过它，从它身

少年梦·青春梦·中国梦——中国故事
［安石榴］ 完全爱

边的空隙走到屋门口，进屋。他没有，他抬腿从狗身上迈过去。就在跨越的当口，狗突然跳了起来，一口咬住了他的裤裆。那亮闪闪大缎子缅裆裤，救了他。徒弟本来是聪明人，一刹那，心上的羞愧全部写到脸上了。

1931 年九一八事变之后的一天，日本驻陶赖昭领事馆出来两个人，前面走的一位文质彬彬，后面的一位有赳赳武夫之气。他们直接到了杨家，请杨玉德去一趟领事馆。在日本领事馆的客厅，稍坐了下，上了茶。就在这个地方，杨玉德见到了那盆石榴盆景。立时，他面前一片通明。这是皇姑屯事件之后，他从未有过的。杨玉德觉得他不应该盯着它不放，微微倾下头喝茶的时候，景象重现：小巧遒劲的主干支撑一蓬秀雅纤细的枝条，向一侧错落飘逸，簇簇嫩芽般绿叶，完全随着枝条的造型疏密有间，一朵朵浓烈的石榴花，一只只饱满的石榴果，相互包容，彼此衬托，同时呈现于绿叶与枝条之间。杨玉德放下茶杯，悄然吞吐，他的嗅觉在暗暗做一种尝试，推开陌生的沉重的异域气息，他捕捉到了强劲的、他无比热爱的中国格致。一股热流从心上向他的眼睛攀爬滚涌，几乎不可阻挡，但还是被他控制住了。

他的脸毫无表情。

领事馆的汽车坏掉了，日本司机没能修好。他们知道杨玉德能够解决这个难题。仅仅是这么一件简单的事情。

这一天晚些时候，徒弟为杨玉德松了骨，给他换上便鞋。杨玉德在自家屋地上走来走去，脸上现出悲伤和渴望纠结后的痛苦之色，徒弟不知道师傅想什么，但明白他心有所想。他希望师傅讲出来。杨玉德讲了，讲了很久。最后他压低声音，说：等日本败势那一天，什么都不要，就留住那株石榴。

送天火

故事发生在"中华民国"时的东北。

这个人叫"送天火"，当然这是后来出事儿之后，人们给他的名字，他的真名叫宋天仁。不讲故事，单单拿出这两个名号，明眼人也会从字面上看出点意思来。不过，我不想让故事陷入先入为主的泥潭，我把故事按时间顺序展开，其余，全交给读者自行判断。

东北有一段历史比较混杂（中国历史哪一段不复杂呢），我未必讲不清楚，不过是觉得不去费口舌也许是个小智慧，不然会生很多气（我也并不是个爱生气的人），也不单单如此，根本还在于这个背景不重要，远没有故事本身意味深长，所以忽略也罢。

宋天仁在西林县做县长的时候，整个县城的人都认识他，这是因为他总在街上出现，而且经常一个人，顶多两个人，多出的那个人不说话，听支使的，随从。那时候，西装革履是有身份人的通行正装，但宋天仁只穿青灰长衫，衬青色长裤，着黑色捏脸布鞋。人长得俊美，净头净脸，很是熨帖。尤其是头发，又浓又黑，蓬松着三七分开，从未见油腻。眼睛是丹凤眼，但眼裂宽，并不显呆滞，长眼角斜挑插入眉梢，倒显出一种儒雅兼坦荡来。

宋天仁当街出现，百姓见了他又恭敬又胆怯，不敢纠缠他。县长大人也并不怎么和百姓说闲话。也许这是由阶级关系决定的。老百姓从未向他直陈诉求——那时兴许还没有这个词儿。宋县长当街行走的目的为何，老百姓不得而知，因为没有报纸没有广播，没有绿化树，没有棚户区改造，没有柏油马路——有一段王八盖子路，总是翻浆，陷大车，吞牲口，倒是修好了。现在推测，宋天仁对街容巷貌也只不过是采取修补和维护的实用态度。老百姓不知道他干吗总愿意上街，一开始的确很新鲜，新鲜劲儿一过，感觉多有不便。大街小巷那些必须先打架才能解决问题的人，动手之前要四处撒眸一阵，为了消减声音，大多花拳绣腿比划出个架势就罢了。老娘们骂自家的小孩也像是骂别人的祖宗，小心又小心，因为底气不足，言语间竟然柔声柔气，失掉了威慑力。城里的人脾气似乎越来越好，感觉也越来越敏锐，有一天，他们忽然就发现，手里的钱比从前禁花了。心情大好，放眼望去，冷不丁发现，街面上小偷小摸没了，各种勒大脖子（敲诈勒索）的人绝迹了。

这是怎么做到的？老百姓并未多想。老百姓能看到和能看穿的事情不是很多，但是老百姓总是有一副极其敏锐的神经系统。他们想啊，啥时候老百姓这么舒坦过呢？我爷爷没有，我爹也没有，为啥我就有了呢？明摆着要出大事了。

果不其然，宋天仁奉调去千里之外的东江县做县长去了。

宋天仁在西林县算是坐地炮。他出生在西林县城，往在西十余里的屋顶山下。做西林县长时，辅佐他的大多是同道。去东江县任职属于异地做官。宋天仁上路那天，正巧外蒙古寒流来袭，咯嘣咯嘣冷得瓷实，上路的人只有他孤单一人，送行的人却是黑压压一片，他们各掬一抔冰冷的泪水，倒说不出什么话来了。

整整一年后，东江县也正是严寒干燥的季节，一场奇异的大火烧光了东江县城一条商铺林立的百年老街，火势随即蔓延半个县城，烧得惨烈，烧得一塌糊涂啊。东江县这么一烧可就塌了腰了，一时，谣言四起，怨声载道，遍地灾民，宋天仁被上峰追了责任投入牢狱。第二年春风一起，"送天火"的名字就随着柳絮飘满了小县城。临近宋天仁行刑的日子，安排亲属来见面，宋天仁告诫妻子：我死之后，你马上带着儿子回老家种地，宋家这一脉永远不许读书识字，不许做官。说完，命妻子跪地发誓。妻子忙不迭地一一照办，起身之后趋近宋天仁，追问大火真相，追问仇人是谁。宋天仁打断了妻子的问话，不知道是深思熟虑过了，还是未加思索，他说，事情到了这个时候，你不必知道真相，也不必知道我到底得罪了谁，只需牢记我的话，带着孩子赶紧回老家。

……

历史的烟云雾霾一样淹没了这个故事，虽然这是绝对真实的事件，也被遗忘到没有一丝丝痕迹了。有的时候，我们会为一些故事的后来部分而担忧，而这个故事从来未让我产生悲凉的揣测。不许读书？怎么会呢？前辈的这种要求不可能传承下去。

而且，很庆幸，它无法传承。

萨布素的信使

　　杨阿福接过公文套封，上面赫然写着"马上飞递，600里加急"。杨阿福从上司的眼睛里读到了不容置疑的肃穆，他不由自主地挺直了肩膀。

　　这正是北中国最寒冷的时候。"大烟炮"轰隆隆一阵紧似一阵地冲撞着驿站的窗户，它们从西伯利亚来，裹挟着野蛮霸气的寒流，一路横扫贝加尔湖、黑龙江、乌苏里江，可以在不到一个时辰里把人畜冻成冰坨。而且……这些都不算什么。

　　杨阿福两只穿着厚重靰鞡的脚摆成八字，皮腰带深深煞进腰间，把臃肿的驿服整饬得威武，公文套封扎实地捆在背上，他目光沉静地望着等待他的马。

　　这时候，"大烟炮"骤然停止。

　　那是一匹蒙古马，通体闪着枣红色缎子般光泽的儿马。它鼻孔喷出两股白气，忧郁的眸子对视杨阿福黑亮的眼睛。杨阿福嘴角挑了一下，轻声说："伙计，这一次是600里加急，换马不换人。我阿福可是把脑袋别在裤腰上了，第一程怎么跑，你看着办吧。"枣红马立刻嘶鸣起来，健硕的肌肉水波纹般涌动。杨阿福飞身而上，高喊一声，马像离弦之箭飞出。

　　"大烟炮"重新刮起，四只矫健的马蹄在暴虐的疾风中酝酿出一股神奇的铁流，滚涌着向南，一直向南。

官道上没有人车的影子，杨阿福在沉寂的莽林中疾驰。孤寂和恐惧随着耳边的风纷纷退去，他的心紧跟眼睛死死盯住前方，他不断地策马，奔向下一个驿站。

　　远远的，驿站的屋檐在杨阿福的眼睛里起伏摇曳，杨阿福吞了一口唾沫，把前倾的身子挺直，声嘶力竭的喊声震颤着在寒冷的空气里传播："600里加急，换马不换人！"立刻，驿站里跑出几个人，一名高大的驿卒挺身迎上，双手牢牢攥住缰绳，整个身体倾斜着向后压下去，枣红马蹄下拖起一团雪雾，驯服地停下来，稳稳站住。四名驿卒迅速站到枣红马两侧，麻利地解开马鞍的种种绊扣，连同杨阿福一起高高举起，枣红马立即被牵走，一匹驿马随后补上，杨阿福重新落座马背。此时，他刚好吃完驿站送上的两块酱牛肉、一壶滚烫的烧酒。杨阿福心中的血气重新燃烧起来，他紧紧腰带，双腿猛的一夹，马儿飞奔而去。

　　杨阿福继续在沉寂的莽林中、险峻的高岗上疾驰。对于他，黑夜和白昼没有分别，虎狼的吼声和暴躁的风声没有分别，他的心紧跟眼睛死死盯住前方。过几个驿站，喝几壶烧酒，杨阿福没有记忆，他只牢记他必须在规定的时间内完成任务。现在，他的眉毛结了厚厚的霜花，脸上一层透明的冰晶，驿服成了冰雪的铠甲。他的双脚铁钎般插在马镫里，两条腿没有任何知觉，持着缰绳的左手一点一点僵硬，右臂却异常灵活，他目视前方，不断地扬鞭策马。

　　第七天。

　　天际呈现一片雄伟的红云，浩瀚而庄重的紫气弥漫了整个东方。杨阿福长叹一声："到了！"北京城已然在望，最后一个驿站映入杨阿福的眼帘，他看着驿卒奔向自己。在驿卒的眼里，杨阿福像一座大理石雕像凝固在高高的马背上，顷刻之后，又像一座冰山一样轰然倒塌下去。

　　　史料：16世纪中期，沙俄不断入侵中国黑龙江流域。清朝多
　　次出兵征剿，引发了第一次雅克萨之战。不久，沙俄势力又到雅
　　克萨城盘踞。康熙二十五年（1686年）2月，黑龙江将军萨布素

又一次奏请出兵，3月6日康熙下旨，命萨布素迅速攻取雅克萨城，经过三年浴血奋战，清朝取得第二次雅克萨之战的最后胜利。康熙二十八年（1689年），萨布素作为清政府谈判代表参加了《中俄尼布楚条约》签字仪式。该条约规定：以外兴安岭至海，格尔必齐河和额尔古纳河为中俄两国东段边界；黑龙江以北，外兴安岭以南和乌苏里江以东为清朝领土。

《尼布楚条约》的签订，挫败了沙俄跨越外兴安岭侵略我国黑龙江流域的企图，使东北边境在以后一个半世纪里基本上得到安宁。

……

他没有留下名字。"杨阿福"是我杜撰的。

他可能是云南人。

他一定是吴三桂的兵。"三藩之乱"失败后，吴三桂的部下全部流徙到黑龙江驿站充当"站人"。

他可能很年轻很强壮。

他一定思念家乡、想念父母和他的细妹子。

他是萨布素的信使。

绝望的骨头

他和她是夫妻。起初他在奋斗林场子弟学校教书，她在胜利林场子弟学校教书。两个林场相距不到八华里。家安在胜利，他骑自行车通勤。

后来两个林场合并，所有成双的机构都并成一个。他们选择买断教龄。因为儿子小学六年级，面临初高中教育。他们自己是教师，明白深山中林场的学校毫无竞争实力。他们拿着两个人的一次性补偿，总共不到三万元，带着儿子，下山了。

到了城里之后，他们租了房子，送孩子入学，开始重新打拼生活和事业。六年之后，儿子上大学了，她也终于稳稳落脚于一所初级中学，做她热爱的语文老师。他这六年呢？经历复杂，结果却是出人意料的简单，三万元的后路钱一分也不在了，可他重新创意的人生仍停留在原始起点。这也是没办法的事情，谁也不能随随便便成功。又六年，他们的儿子研究生毕业，她此时已是一位很有名气的教师，她带的班级是家长的首选；她办的课外作文班非常火爆；她用办班的收入购置了一套房子，虽然不大，但是产权在握。他呢？此时的他优游于三样事情：看电视，上网，打麻将。

他们之间没了烟火气息，发现这个的时候已然成了定局，虽然他们自己并没有故意主导方向，而且甚至都没有标志性的记忆。

她心里有一点可怜他，可是她没有办法。她也不会离开他，那不仗义啊。她还每个月给他些生活费和零花钱，保证他从容流转于三个爱好当中。其他就不成问题了，两个人各有各的房间，吃饭都很少在一处。她工作紧张，早上上班时，他的房门紧闭，睡着呢。

一个星期日下午，难得地有了空闲，她躺在自己的床上，耳听房门外的他来往于厨房和客厅之间，一会儿就闻到一股子熏鸡的香味。她顺手拿过来一本书，是阿成的小说，一个小饭铺发生的故事。数个吃客都在各自的位子上惊诧地观看一个人，这个人正在吃熏鸡头：他吃鸡头的样子很像拆卸一个微型的精密仪器，先是鸡嘴，一条一条地将骨头抽出来，接着拆鸡的头骨。鸡的头骨结构复杂，类似人的头颅，其难度可想而知。他小心翼翼，不紧不慢，一块一块，次第分明，有章有法，且丝毫不使其受到损坏。他的神态十分从容，嘴、腮、颚，动作协调。鸡头骨一块一块地拆下来，他依次放进嘴里，吃附在骨上之肉，吃得巧巧的，非常的精细，感觉他吃得很香、很珍贵、很优美也很神奇。

她读得非常有兴趣，隐隐地期待更诡异的东西。于是这位很有品味的语文老师读到了阿成更精美蕴藉的文字：他的嘴很薄，咂咂地咀嚼与蠕动起来时，展示出一种油叽叽的母性之美。他嘴里的牙齿很小，很尖，很白，如同碎玉，像天生为了吃鸡头而生。奇妙的是他的喉头，上下滑动起来，俨然琴师柔弦的动作。而他那双总向下看的长眼睛，似有深不可测的内容。他的双手，手指纤细又不失为男人的手，吃鸡头的时候，他不停地吮干净沾在他手指上的鸡油。此刻那手指也是一道菜了。很快，一块块被吮吸过的鸡头骨呈奶白色，纤肉不附，整齐有序地摆放在餐桌上，俨然微型群雕。

读到这儿，她的脑子里立刻展现一片神奇的微型群雕，随后她的心跟随阿成一起惊呼起来：上帝啊，这是个奇人哪！

随后作家似乎闲闲的一句话让她身体微微一震，那句话是这样的：古往今来，大凡通小技而至于精者，心中必有大志存焉。

她呆呆地想了半日，无论如何也放不下了，最后竟然放任思绪衍生了另一个认知，那个奇人的技艺大抵不过是一种无可奈何的绝世孤独，如同清代做工机巧的鼻烟瓶。一个人深深地陷于一种绝技，或许只表明彻底的逃遁，越是炉火纯青，就越是绝望到底。

　　她一边沉迷于思考，一边继续浏览阿成，看到那个奇人扔下自己的"群雕"飘然而逝，饭铺老板面向众人，得意地帮衬道：那人还能把这些鸡骨头重新组装起来，成两个完整的鸡头骨！

　　绝世孤独！心里再次感叹，她合上小说。觉得口有些干渴，起身去了客厅，却定在那不能动弹。

　　她看见了什么呢？

　　茶几上有一只白色的大平盘，两只完整的鸡头骨雕塑一般端立在平盘当中。奶白色的骨头纤肉不附，骨缝清晰、密合，纤毫不差！

爱 心

邻居郭教授夫妇在我们这个社区里是一对很有名气的老人。因为我打定主意要把这篇文章写成小小说，所以，他们的名声来自何处我不赘述。但是，有一句话需要微微地提个醒儿。因为郭教授夫妇很有名气，他们的生活就总是受到社区居民的普遍关注，连郭教授夫妇养的一只血统可疑的杂种京巴豆豆，其实纯粹是解闷的，可是社区给予的关注并不亚于另外几只富贵冲天的犬种。

这是一个令人费解的事实，我并不想深究，如果你听听我女儿的话，你就知道我表述的是怎样的事实了。

我女儿那时两岁，刚刚开始以自我为中心的人生，我领她在小区的花园中散步，碰见郭教授夫妇带着豆豆与我做同样的事情，互相打招呼的方式是我夸他们的豆豆漂亮，他们夸我的女儿漂亮，双方真诚而投入。女儿突然在矮矮的地方发出洪亮的质疑：

"它比我漂亮吗?"

我和郭教授夫妇都愣了一下，随即大笑，出于对幼小生命的怜惜，我们不想做出比较。但同样被我娇纵的女儿不依不饶，一定要我给出明确的答案。这个问题上如果我耍滑头，那就太虚伪了，我肯定地告诉女儿："当然是宝宝漂亮了，谁也没有宝宝漂亮嘛!"

可是，毫无疑问，社区的广大居民，认识我的宝宝并会打招呼称赞的微乎其微；而豆豆一露面，夸赞声此起彼伏，像热油烹豆子，爆响不断，我便抱着女儿去别处玩，女儿的小嘴不甘，反复问我：它比我漂亮吗？我笑得止不住，也不管她能不能听懂，说："你跟它一个杂种较什么劲呢。"

郭教授的子女都不在身边，有个大事小情什么的，他们乐意打电话找邻居帮忙。一个深夜，家里的座机十万火急地响起来，我一把抓过来，郭夫人的哭声实在可怖，说是如丧考妣都不为过，我心一沉："郭教授怎么了？"

"不……是，不是……呜呜……是，豆豆，不行了……"

我迅速叫醒当主治医师的丈夫，打发他去郭教授家看看。直到天亮他才回来，说豆豆得了急性肺炎，他帮助老两口把豆豆送宠物医院了。

当时女儿还在沉睡，即使她睡得天不知地不知的，活泼的蒸蒸日上的生命气象却像一切其他青春勃发的事物一样，让人欢喜。然而豆豆的确江河日下般的又老又弱，这虽然是人人尽知的自然规律，可是切入某一处具体的命运当中，悲情的隐喻仍然令人百转千回。我和郭教授夫妇、女儿和豆豆第一次在这个社区相遇还是十八年前，女儿八个月，很友好地抚摸同是八个月的豆豆。而如今，女儿即将成为北京一所知名大学的学生了……

这一次是在走廊里碰见郭教授夫妇，女儿青春洋溢地跟在我的身边，郭教授夫妇站住脚，目光上下打量着她，两个人疲倦憔悴的脸上立刻现出热烈的喜爱情绪。郭教授很开心地问："小丫头，录取通知书来了吧？"夫人抱着豆豆却突然垂下眼帘，缩短了身子。我看豆豆有些萎靡，目光呆滞，垂头丧气地偎在夫人的怀里，就问："豆豆的情况怎么样？"夫人忧伤地回道："一点精神也没有。"郭教授爽朗地笑起来："好啊，好啊，真是个有出息的好孩子……"

一个月后，我送女儿上大学，从北京回来，家成空巢，顿感人生寂寞，早起去散心，在廊间又遇上郭教授夫妇，两个人满手提着好吃的东西。我下楼，他们上楼，为了避让，郭教授夫妇错落开来，一前一后。我和他们打招呼，夫人紧张得胳膊没法驻足的样子匆匆上去了，郭教授却停下来，满面红光地向我微笑，意会一种一吐为快的分享愿望。我只好善解人意地多问候了一句："豆豆呢?"

　　郭教授抖了抖肩膀，一身轻松的样子，只是放低了声音，说："不管怎么说，总算是把它好好养死了。"

就算拼尽所有力气

　　六○后母亲和九○后女儿之间的碰撞通常是剧烈的，所以她们显然很珍惜彼此和谐的时间，这会儿她们互挽着手臂走在一起。路边有一些小摊，琳琅满目。人就是这样，只要心情好，兴致就高，即使母女俩知道不会买什么东西，可还是不断地驻足，看一看，甚至拿起来问问价钱。那个行乞的女人抱着孩子就排在那么多小摊主的队伍里，想都想不到的事情，母女两个就站到这对乞讨母女的面前了。那女人蓬头垢面，抱着一个张嘴熟睡的女孩子，盘腿团坐，面前摆着搪瓷大碗，里面有零星的硬币和毛票子。母女俩只愣了一愣，母亲就把手伸向自己的手袋，女儿却突然抓住了手袋的手柄，顺势缴械一样拉到自己的身边，并极其坦率地说："不要给钱！我最讨厌他们这些人，怎么笨到连养活自己的本事都没有？"

　　有那么一会儿的时间，女儿挑衅似地等待母亲训斥或者其他她经历过的母亲因她而激变的情绪，但母亲只是虚张了张嘴就闭上了。女儿于是胜利般地掉转了头，独自走在前面给母亲引路。

　　母亲站在那儿没动，她想，女儿制造的这个场景她一点也不陌生，在她还是女儿这个年龄的时候，她和她一样。有一次，一个外地口音的女人也是带着女儿行乞到家门口，她打开门看到她们并知道了她们来意的时候，一秒钟都没迟疑就关上了门。其实，她因为愤怒使劲地摔了门，那种突然和猛烈，几乎摔到那女人的脸上。最后，是妈妈追出去给她们几个玉米面饽饽。那时候的生活就是如此，没有好吃的东西。她记得她对母亲的行为非常不屑，和母亲大吵了一顿。她那时心里有一团烈火，改天换地的烈火啊，而且她是那么相信个人的力量、个人的聪明才智，她笃信只要人努力，都会有丰厚的回报。可是三十年后的她是怎么样的呢？只不过是工薪阶层的普通女人罢了。

"这也怨不得她。不管是哪朝哪代，总有些人就算拼尽所有的力气也不能让自己活得好一些。"此刻，她记不清这是不是经历过数次动荡年代的母亲当时说的原话，可她能够断定这是她三十年成人阅历的珍贵总结。

走在前面的女儿有停下来、转过身的趋向，母亲迅速行动。她浑身上下只有白色八分裤上两个浅浅的兜，恰好，里面有一点钱。她没有看更没有数一数数目，就取出来直接放到搪瓷碗里，并喃喃地、仿佛自语般地说："请你原谅，她终将会有明白的那一天。"

深秋的秘密

1931 年深秋，吉林陶赖昭。这是中东铁路非常重要的一站。

日本驻军的一辆吉普车坏掉了，军需处的技师们无论如何也修不好。不知道这辆车有什么来头，为什么这么重要。少将佐佐木对他的八个手下每个人都赏了两个清脆的耳光，并且用军刀手刃了中国八仙桌。之后，把早已躲得无影无踪的翻译官叫到面前，面无表情，问：陶赖昭这个地方有没有懂得修车的？

翻译官转身出来，一双阴鸷的眼睛死死盯在他的后背上。

翻译官再回来时，后面跟着一个叫杨显和的人，他是陶赖昭财主杨八爷的老儿子。杨显和兄弟俩共同拥有两辆福特。因为这个，"9·18"之前，兄弟俩成为方圆百里有名的"败家子"。

杨显和修车时，翻译官站在旁边，起初两人没有说话，心里都在回味两人刚见面那一刻，双方一下子愣了那么一刻，有似曾相识的感觉，可是彼此笃定并无过往。两人挪开投在对方脸上的目光之后，心里已然明白，心照不宣。

等那个监督的猪头小日本去厕所时，翻译官轻声而简洁地说："它的主人是个大人物。"

杨显和回应道："听口音你是旅顺口人？"

翻译官没有吱声，但使劲点了点头。

杨显和问："那一年……你在哪儿？"他沉吟着说的"那一年"是日本屠杀旅顺口的甲午年，也就是 1894 年。

翻译官即刻意会，说："在我母亲腹中。那时候，我母亲幸好从旅顺口的婆家回乡下娘家小住。"

杨显和重重地"哦"了一声，手上也因此用了力气。

"他们什么时候开拔？"似乎是个不经意的问题，杨显和突然问道。

"一个月后。"翻译官压低了的音量只在两人之间轻飘。

"好了。"杨显和把油渍麻花的手套摘下来扔在地上，想了想，道："修好了，但是用久了可能会有一点异味，假如你坐在车上的话——"他没有把话说完，而是仔细地观察翻译官的反应。

翻译官用一种莫名其妙的语气，急急回道："你当然知道，我这条命也是侥幸捡的。"

一个月后，日本部队在南下的途中，少将佐佐木所乘吉普车刹车突然失灵而冲出桥面，坠入辽河。

这个消息是转年开春由一个在陶赖昭做生意的山西商人从外面带回来的。杨显和的妹夫问商人："那个翻译官是死是活？他和少将寸步不离的吧？"商人茫然地摇了头。杨家女婿有些动情地说："那个翻译官和别的不一样，那次我二大舅哥给他们修车，头晌去的，过了正午了还未回，我岳父怕得要命，打发我去看看。我在大门口绕哄半天不敢进，把门的发现了就挺出大枪把我顶在大墙上，这时候翻译官出来了，说，'哦，家里一定是担心了，你回去吧，没有事情，长官留杨师傅吃饭了，吃了饭即刻就让他回家。'"杨家女婿说完这些话还是盯着商人看，仿佛他听了他的话一定能说出点什么新的秘密似的。结果，商人还是茫然地摇了头。

回到杨家，妹夫把这个消息告诉了杨显和。那天晚上是个月圆之夜，半夜里，杨家大院一地清辉。杨显和双手捧了一盅白酒，举过头顶朝月亮拜了拜，然后恭恭敬敬地洒在地上。

蚊舞图

　　豪是这样的男生，他不爱说话，不太爱交朋友，更不爱打架，学习不特别突出，也没有什么特长，打篮球啊，跳街舞啊，都和他无缘。

　　反正这么说吧，豪在班级属于平凡中的一员，在学校里就更是了。

　　可是，如果你以为豪的内心和外在都一样甘于平凡的话，就大错特错了。说实话，假使豪之后没有那个全班乃至全年级都震惊的创意之举，我也不会随便给豪以及豪们一样的九零后下任何定义。

　　豪每天准时上学放学，他是那种面目表情略显呆板的类型，仿佛上学这件事只是一件事罢了，事实上，豪对于上学的感觉也的确如此，只是一件业已习惯的事情。听课、写作业、做练习从一年级到现在的初三，反复的训练，学校一以贯之的养成教育终于在豪的身上见了效，而且，如果没有什么意外，这种养成的学习习惯会一直送他上大学。

　　可是，豪有所不甘。

　　他不甘这么平平淡淡地度过每一天，他的金子般的少年时光。

　　天气热了起来，豪们每天都在烤灼之中，教室巨大的窗户招引阳光热情地奔扑进来，即使拉上湖蓝色的窗帘，窗户下的孩子们也满脸通红，整个班级进入醉人的催眠状态。

　　就在这时，豪悄悄行动了。

每天下午自习课开始后，他一定要打一阵子蚊子。豪自己带了苍蝇拍，挥舞着追杀蚊子。这个举动很受同学们的欢迎，以至于后来同学主动帮助他搜捕，每当同学高声告诉他蚊子的踪迹，豪就小心翼翼地赶过去扑打。豪为大家做了一件好事，老师都默认了，豪的名声一度在班级有了很大的提升。

只是豪有点怪，打蚊子时一定要先观察半天，用他自己的话说，看到"品相"好的蚊子，小心出手，尽量保持一个全尸。同学们也不知道他把蚊子拿哪儿去了，至于干什么了，更没人想。

两个月后，进入中考最后的复习阶段，紧张而焦灼的气氛战火一样燃遍了班级甚至年级。心理老师给每个班级都上了一堂辅导课，但班级气氛仍然低迷，不时有女生莫名其妙地哭泣，有男生突然高唱一声，吓人一跳。所有迹象表明急需放松的气氛。

就在这时，有一天，班级中考倒计时揭示牌的旁边，悬挂了一块学习园地似的方形白板，上方贴着三个红色的不干胶大字：蚊舞图。

同学们围住一看，嗨，超酷啊！大白底的写字板上、宽幅透明胶带下面，一排排的蚊子。怎么说呢？那的确是死蚊子，豪的战利品，可绝不是蚊子的僵尸。蚊子排排好，全被精心地造型，连续的动画片子一样，或者就是蚊子的动漫。

蚊子有一百只吧，分成五排，第一排是中国功夫，从第二排开始就是街舞了，一排机械人舞，一排爵士舞，一排锁舞，还有一排汇集了各种惊险高难动作的技术舞蹈！

知道它们是怎样舞动起来的吗？每只蚊子的六条细腿都被豪赋予了精彩的肢体语言，辅之两只轻盈的翅膀和躯干，同学们惊奇地发现那么精彩的舞姿、那么夸张儿劲爆的动作，似乎这些叫做蚊子的昆虫才是天才的舞蹈家。

蚊舞图一下子轰动了整个年级，特意来观赏蚊舞图的人一时间络绎不绝，有很多男生一边看一边嘴里嘀嘀咕咕，身体和四肢也随之舞动，豪因此声名鹊起。这个创意也成为中考之前同学们最快乐最轻松的记忆。

发榜之日，因为全市各个高中录取分数线均已出炉，学生们只要见到自己的分数就知道去哪所高中。豪和他的同学们都挤在大榜前观看，忽听一女生叫道：

"让开一下，让开一下，我看看豪考哪所学校了，但愿和我同校！"

那女生说完就在人群中搜索豪，豪与她四目相对，虽然豪并不认识她，却已分明感觉到星花四溅了。

魔 怔

小斗六岁时被姐姐接到自己家里去了。他总是玩着玩着就扑在姐姐怀里哭。姐姐把他横抱起来，就像抱着婴儿那样，轻轻地拍着他的后背，半天才说：不稀得想她，她都不想你，你何苦想她！然后她叫自己的两个孩子显珍和显珂领小舅舅出去玩。显珍也六岁，显珂五岁，姐弟俩一人拉着小舅舅一只手出去了。

这是一幢五间正房，出檐儿，居中开门。房子地基高，门下三级石条台阶，连着两侧与房子等长的外过道，也是石条铺就的。三个孩子就在窗下的过道上玩儿。姐姐在南炕上趴窗台看着他。四月的太阳可心，暖洋洋的，她把上扇窗子推开一半。

显珍说，小斗舅舅你干啥呢？

磨面呢。小斗说。

显珂说，小斗舅舅磨的什么面？

小斗想了想，说，是小磨黑面。

这时候姐夫从过道上走来，拨拉了一下小斗的头，很霸气地否定了，说，不是小磨黑面，是洋面，一号面。

小斗激灵一下，"小磨"倾翻在地，他弓起身，缩着脖子，掉头往屋里跑。姐姐忙转了身，爬到炕沿去，小斗一进屋，姐姐已经张开怀抱等着他了，小斗一头扎了进去，又哭了。

姐夫从后面跟进来，有点莫名其妙，瞪起大眼睛看着姐俩，说，这孩子也太软弱了，妈跑了，不是还有姐姐姐夫么？

这下轮到姐姐哭起来了。显珍显珂早就悄悄跟进屋里，见母亲哭，姐弟俩一齐号啕着扑向母亲，娘四个抱成一团哭得屋宇嗡嗡响……

上世纪20年代，陶赖昭有一户人家，兄弟俩卖了部分祖产买了两辆美国汽车，一辆万国卡车，一辆福特轿车。并不是为自己享用，运输载客赚钱的。两兄弟中有一个正是小斗的姐夫。20年代末年，小斗十六岁，在长春念国高，人仍然像一只深山老林中的小鹿，没什么事也会惊慌失措，细纤纤的身子骨就更像了。过年放假回陶赖昭，小斗整天捧着一本书不出屋。姐夫用一贯霸气的语调说，跟姐夫出去逛逛，总看书人就傻了。姐夫带着小斗和徒弟开着卡车上路了，他们去榆树县。师徒俩都是爱死洋车的那种人，一上路就兴奋得一个劲儿地说脏话。师徒俩也一样的爱洋服，着皮夹克，马裤，长靴，格子围脖，鸭舌呢帽。师傅稳操方向盘，那徒弟却像屁股下面有火似的，一刻也不消停。小斗坐在两人中间，默默无语。

车窗外白皑皑一片，似乎没边没沿，远处的山连个影子都不见，全隐没在清雪迷蒙之中，稀疏的屯子像是一小撮空房子兀自杵在低矮狭长的天地之间。路上，偶尔能遇见马拉爬犁，爬犁上的人穿得像个圆球一样，一律双手插在袖笼里，仰头张嘴傻呵呵地观望着"怪兽"。后来出现一个大屯子，街上竟然有行人了。师傅突然不断地点按喇叭同时减速，不一会儿，奇迹出现了，街上的人立时多起来，他们快步向汽车聚拢，跟在车两旁。师傅挑挑眉，说，整吧。徒弟哈哈大笑，从工具箱里取出一个气筒似的东西。他打开车门，站在脚踏板上，瞄着人群的腰下部分，手中"气筒"射出一股细小有力的液体。车在慢速前进，人的注意力都在观望汽车上，只有几个机灵些的躲闪着向后退了退。徒弟回到座位上，关上车门，师傅说，傻了吧唧的还啥都不知道呢。徒弟又大笑起来，说，老屯嘛。驾驶室里轻飘一股稀薄却十分锐利的气味。硝镪水啊！这是小斗在车里唯一一次发声。

原路返回，经过大屯子的时候，路中间横着一根整棵枯树，汽车刚刚预备停下查看，突然冒出来黑压压一大群人，手里拿着勾叉棍棒，向车头包抄而来。徒弟在驾车，师傅短促地下着指令，徒弟快速做了几个动作，汽车轰鸣着冲了出去。枯树噼噼啵啵脆响着，一边倾斜到路边，一边碎了一地枝杈。一大群人飞跑着追车，大声叫骂。不知道什么东西撇过来，撞击了后面的大厢板。但是，很快的，嘈杂声消失了。师徒两人哈哈大笑，徒弟吹出一个刺耳哨音，扭头对小斗说，过瘾吧？小斗脸煞白，双手插在两腿之间，一句话也不说。

　　回到家，小斗把自己的被褥从正房搬到一间闲置的厢房里去。他在里面插上门，不让任何人进屋，姐姐也不能进屋，只允许让人把饭菜放在门口。这间厢房以前租给一个发豆芽的人，火炕灶坑眼在屋外的墙根处。姐姐叫家人烧炕，小斗从屋里出来了。这是他一整天以来第一次出门。他取一把尖镐回屋，然后传来砰砰的声音，姐姐趴窗户朝里看。屋里烟尘滚滚，小斗把炕面子全刨了。

　　姐夫牙齿咬得咯崩响，说，他好歹干了件男人的事情。

　　姐姐呜呜咽咽地哭了。姐夫让姐姐听好，说，虽说我后老悔了，可你也不至于糊涂到怨恨我的份上吧？算我刚刚看透，这小子就这坯子，早早晚晚的事儿。

　　转年初夏，柳絮飘飞的时节。小斗大大方方地出来了，到街上去了。他妈妈从前喜欢喝两口，喝高兴了，就唱一出。有人说，如果她不喜好唱那一出，她也就不一定能跟个做饭的私奔。

　　小斗唱道：

　　　　天上下雨地下滑，
　　　　自己摔倒自己爬，
　　　　哎呀——
　　　　哎呀呀……

这是他妈妈唱过的。歌声里夹杂着一阵阵的哄笑声，屋里的姐姐听得泪流满面，说，要不是我那不要脸的妈，弟弟也不会……

姐夫不乐意听，他摔门出去了。

方　舟

　　1932 年哈尔滨大洪水，留下的记载包括：连降 27 天暴雨、大街上掀起十几米高水浪、民房倒塌、受灾十余万人、灾后出现猩红热白喉等流行病……冰冷的数据。也许，你有足够的情商把数据还原成现场，但我疑心那永远都不是亲历者的现场。我即将讲述的故事也一样。82 年后，大部分亲历者的记忆化为泥土，永无重生的可能，它们已淹没于时间之下。可有些小细节，在时间的河流中，一缕浮油一般，即便破碎、飘散以致不再完整，也还是不肯沉没。

　　老太太说："我都吓哭了。那水呀，可着街道那么宽，贴地皮一条线平推，像有人赶着它们似的，吱吱跑，眼睁着就追来了。我和妈妈掉转头往回跑——我们本来是去看江水的，担忧嘛，每天都去看的，这天还没到江边呢。刚跑了几步，水就追到了脚后跟。我妈妈哎呦哎呦地叫着，水就没了脚脖子、腿肚子了。我们身前身后还有很多人呢，都在跑，在叫，有人大哭起来，就像遇到了鬼。这时候，我就看见我爸爸迎面跑出来，一把抓起我，拉着妈妈跑回家，进了屋，跳上炕，水就跟着上炕了。就这么快。"

　　老太太说："我爸爸——"她叫爸爸，那时候东北人不是都管自己的父亲叫爸爸。老太太说："我爸爸——"不，还是我来讲吧，由我来讲这个故事：

老丫儿吓哭了，她九岁，却又瘦又小，看起来也就六岁的样子。老丫儿的家是一块幸运之地，在一处高岗之上。这一片高岗与洪水在某一刻平衡下来，或者说发生对峙。没有人知道它就此停下脚步，还是一个小的休整，或蓄势待发？洪水与老丫儿家的炕一平。爸爸把一张四条腿的八仙桌搬上炕，靠在间壁墙边，妈妈把老丫儿放在八仙桌上。不能说没有任何预见，老丫儿爸爸在房门前修砌了一座弧形小坝，甚至还多灌了几个砂石草袋子预备着。小坝有爸爸的膝盖高，洪水越过了它。然后黑夜降临，那是个不眠之夜，老丫儿最后睡在桌子上了，她并不知道爸爸妈妈加高了小坝，淘了一宿水。老丫儿早上醒来的时候还在桌子上，她睁开眼睛的同时立马记起昨天的事情，她没动，蜷在那儿，她先听了听，没有什么让她奇怪的声音，甚至没有声音，她这才转动脑袋四处看，炕上堆满了杂物，她睡的桌子周围堆着更多的杂物，她就是滚下桌子也摔不着。她试探着翻了个身。屋里的水没有了，留下黑兮兮的污迹，地上、墙上，一直到窗台下面。她没有看到爸爸妈妈，她也没有喊他们，她悄悄爬下桌子，下地，站在窗台前向外看。窗外白亮亮一片，邻居的房屋浸泡在水中，突然变小了似的，一个人都不见，仿佛都是些空房子。她往远处看，几棵榆树不见了树干，一团团黑乎乎在水中荡悠着。老丫儿哆嗦了一下，往前伸了伸脖子，又看清楚一座坍塌的房子，几块木板木方支出来，半空中竖着。老丫儿呆住了，费力地想，这是一个吓人的梦？爸爸拖着一只小船，趟着齐腰深的水，向家门口走来。老丫儿喊，妈妈！妈妈擦着手从外屋进来，也从窗子望见了爸爸，妈妈返身出去，帮着爸爸把小船拖进屋里。这是一条小木船，第一眼看起来还不错，还算整齐周正。老丫儿坐过这样的小木船，和爸爸妈妈一起坐过这样的小木船，她的小手在爸爸的大手里划过小木船的双桨。老丫儿走到小船近前，船底一块狭长漏洞赫然入目，船壁上还有另外至少三块破洞。老丫儿突然洞悉了真相似的，指着破洞"哇"的一声哭了。妈妈把她抱起，她扭脸大睁着眼睛看爸爸，泪珠豆子似的，一颗一颗迸发，成串滚落，两只黑眼睛睁得更大了，它们看着爸爸，就那么直直地看着爸爸。爸爸说："老丫儿老丫儿你别怕，爸爸一会儿就修好，给老丫儿修一个结结实实的小船！"老丫儿陡然减弱了哭声，眼睛还是不肯离开爸爸。爸爸进里屋，从一个旧箱子中翻出来一团麻，又去厨房取来猪油，端来半盆石灰——爸爸笑了，对妈妈说："我还怕找不到石灰呢，寻思别是早就使完了，一点没剩。"爸爸把麻撕开，放到盆里，兑上猪油，上手和。全都和匀了，他开始摔打。盆子里的东西起初平摊在盆底，粗糙、松散、破裂，摔着打着，它们逐渐凝聚，均匀，还有一点润泽，慢慢变得有形。爸爸继续摔打它，它从扁圆形变成方块，再被压成长条，又团成球，反复几次。然后，爸爸把它抓在手上，举起来，递到老丫儿跟前，说："来，老丫儿，你闻一闻，揪一块。"老丫儿凑上去，她闻到一股味道，可她并不知道那是什么味道，抓在手上又滑又腻，她一块儿也没能揪下来。爸爸呵呵笑出声了，回到小船前，把手中的东西捏成一根一根的长条，填充在那些狭长的破损和块状的漏洞里。他用一根木勺柄压实，全部压实之后，再重新填充。他没有用木勺再压平，他用手抹平，又仔仔细细地向外抹，一直抹到没有破洞的地方。然后他说："妥了，嘎嘎结实，啥都不怕了！老丫儿你就说吧，想上哪儿？爸爸划船带你去。"妈妈问："能沾水么？"又小声咕哝，"许是不行吧？"爸爸看了妈妈一眼，说："怎么不行？好着呐！什么水啊火啊，它现在啥都不怕。"爸爸洗了手，点燃一根烟，接过老丫儿，坐在一个矮凳上，爷俩一齐看着小木船。的确是一条船了，至少看起来没有问题。接下来的一整天，老丫儿爸爸除了出门瞭水，回到家里就守在小船边抽烟。几天之后，老丫儿爸爸去城内办事儿——他先去当铺，再去买粮食，天擦黑了还未归。妈妈掂量晚饭，家里只有一点儿二米捞饭，不大够吃。要是给爸爸留出一份来，另两份就更没有几口了，可是，如果三个人一块吃，倒是能匀出三碗来。老丫儿说："妈妈我饿了，咱们什么时候吃饭？"妈妈回答她："爸爸一回来即刻就吃饭。你到门口迎迎去。"老丫儿出了门。洪水退了些，门口的沙袋子都搬到墙边去了。老丫儿坐在门口一个木架子上。立秋之后，天已经明显变短了，此时，星星开始闪烁。天空那么蓝，那么远，那么深，那么大，好像也有一条大江，松花江一样的大江，在老丫儿头上的天空向一侧的大地倾斜。天空真高啊，一百个房子那么高吧？老丫儿看不到尽头，天的尽头，却像是笃定知道有那么个极远的地方，藏在那蓝的后面。老丫儿被这个想法招引着，越是不知道那个地方在哪儿，越是看不到那个地方，她越是追着它看。那深洞洞的蓝，那些闪亮的小星星，她看啊看，老丫儿就眩晕了，眼前下起星星的雨，一道道白光划亮蓝色的雨幕，好看，却冷，还让人害怕。老丫儿把腿收到木架子上，身子伏低，张开双臂搂住腿将自己揽在怀中，挺起下巴，整个小脸儿仰在夜空之下。一股小小的夜风缭乱了她几缕头发，她没有管它们，她睁着两只大眼睛，痴痴地望着天空，望着那无边无际、又深又远的蓝，平生第一次感受空阔、遥远和巨大……她听到了爸爸的脚步声，噗——嗒——噗——嗒。"老丫儿?"一声轻轻的询问。老丫儿没应声，她从木架子上溜下来，向着那宽宽的、厚厚的黑影子迎去……那晚的星星可真清灵，再也没有见过那么清灵的星星。老太太九十岁之后，仍这样坚称。

小船还在屋里。老丫儿的爸爸几次进城都没用它。

老太太现在讲起这个故事总会说："我家小船双桨。我爸爸说了，老丫儿，双桨小船稳当，就是你想把它弄翻它都不会翻。"

老太太从来不曾怀疑过爸爸的话。一辈子都没有。

王薇拉的小西服

换季节的时候，添置新衣物，王薇拉多么希望自己说了算呀，想买哪个就买哪个，喜欢谁就是谁。也许这次也一样，妈妈不会妥协，允许一个初中二年级的女生为自己的事情称心、高兴哪怕是一周时间。不，妈妈不会允许。

王薇拉要添置的衣物如下：

> 一双运动鞋
> 一条牛仔裤
> 一件小风衣
> 一只书包

她取出一张水粉色的记事卡片，用一只黑色的碳素笔把它们写在卡片上，像一首小诗那样排列成四级台阶。王薇拉端详着卡片，不禁心惊肉跳，每一件都致命般重要，如果全由老妈摆布——她总是称妈妈为老妈，无法想象老妈会混搭成什么不堪的样子，她就不要活了。

"我今年长了一岁，是否获得一些与之匹配的权利，老妈?"王薇拉试图与妈妈谈判。

妈妈用中年女人特有的果断态度，爽利回答："倒是有些道理。不过，你要知道，权利总是和责任、义务更匹配一些——"

妈妈仿佛说了半截儿话，王薇拉没有理解，却隐隐的觉得妈妈采取了与以往不同的态度，她问了一句："什么意思?"

妈妈反问："你是什么意思?"

王薇拉放弃揣测妈妈的意图，她循着自己的思路，竖起三根手指，说："我自己选购其中三件，书包由你做主。怎么样?"王薇拉想，如果书包太难看，她就继续用旧的，衣服嘛实在是不愿意妥协。

王薇拉说完就看住妈妈，深深地看住。可她并不知道接下来会是什么。

妈妈笑了，说："我给你一个权利，你在四件中选一样吧。"

没想到的事情终于发生了，虽然期望大幅度缩水，但到底是一个突破。王薇拉脑子里立马绽放一朵云儿，云朵里漂浮着一件春秋衫，它是一件蓝绿色短款公主风格的小西服，底边有一圈同色蕾丝装饰，袖口的某个细节，收腰的四条弧线，都有乖巧的同色蕾丝小花边。王薇拉早就看上它了。她不想跟风穿满大街的套头帽衫儿。她就要它了。

周日，王薇拉确定那款小西服仍然是她的最爱，她小心翼翼又欢欢喜喜地买回家，马上穿起来。

可是，仅仅三天，王薇拉就发现了一个大问题。王薇拉小西服里面只搭一件短袖 T 恤，或者一件小吊带背心儿。小西服的纤维衬里用料太低劣，总是粘在她的胳膊上。王薇拉感觉就像自己裸身裹了一层塑料布，还是非常仔细地裹好，不留一点缝隙的那种。王薇拉的两只臂膀又潮又闷，整天黏糊糊的，极不舒服。一周时，王薇拉达到了忍耐的极限，她决定跟妈妈提出淘汰小西服。虽然是她自己选择的衣服，虽然她穿了仅仅几天，但是，淘汰它的理由也正当啊，没有哪个母亲会为了一件几十元钱的衣服而狠心逼迫自己的女儿忍受痛苦。王薇拉知道妈妈不会责备她，会马上给她买一件新衣服。

周六的下午，忙了一周的爸爸妈妈悠闲起来，心情大好，王薇拉刚想说小西服的事情，爸爸热情洋溢地提议，一家三口出去吃饭，然后看电影，再打一场台球——爸爸说来个台球比赛。王薇拉和妈妈兴致勃勃，一齐听爸爸讲解三人台球规则。妈妈还懵懂着，王薇拉已经全掌握了，转而给妈妈进一步解释，小西服的事情暂时忘掉了。在饭店等菜时，三人自由漫谈，气氛超好，王薇拉再次放弃小西服。看电影全神贯注，小西服竟跑得无影无踪。打台球求胜心切，把一切外来干扰全部屏蔽掉。此时，那件小西服静静地在家里的阳台上晾着，带着一股春天的太阳味道。

周一，王薇拉从衣架上取下小西服，穿在身上。她想，穿着它，有点闷，有点潮，有点不舒服，那又怎样？小西服既然是我自己选择的，我就必须承担它给我带来的后果。这时候，她才彻底明白，没有跟妈妈提出那个请求，根本不是这样那样的原因，而是自己最后的也是最真实的决定。

夏天到来的时候，妈妈说："需要添置什么，怎样购买，你一个人决定吧。"

这是王薇拉完全没有想到的另一个后果。

涉 世

大学实习阶段，我找了一个陌生而遥远的地方。姑姑把我叫到她家去，晚饭之后，客厅里只留下我们两个人。姑姑清了嗓子，竖起食指，对我说，她来给你上社会的第一课：

十年前，我在乡财政所。我们为一项工作去石碴子村，然后，去另一个叫做四里半的村子。

我说的我们是我和一个刚刚经过公务员考试取得这个职务的大学生，青青。

事情办得不顺利，村里很不配合。这种事情我司空见惯，用规章制度不是不能解决问题，但经验告诉我们不能很好地、可持续地解决问题。但是青青表现得相当激烈，这个初登社会舞台的姑娘热血贲张，最后我已经不能掌控局面，所以当机立断，决定暂时放置，之后再研究协调。双方战局好歹才算进入僵持。

村干部热情，他们一贯这样，非要送我们。从这儿到四里半村要跨越小半个莲花湖，坐自行改装的柴油机动小船要走两个小时。书记、村长、会计送我们到湖边，船是会计家的，此刻不在，说是正往这边赶。旁边是西瓜地，村长摘下两个足有四十斤重的西瓜，说：吃吧，老蔫儿家的西瓜是绿色的。会计就从他的万能兜子里取出折叠刀，一会工夫，三角形的西瓜片就摆了一地。

他们四个人就大吃起来。青青很时尚，也很朴实，并没有嫌恶农村脏什么的，也坐在地上一边叫着甜一边大吃。还抽空鼓动我，王姐，你怎么不吃呢？我告诉她我不吃西瓜。

我告诉她我不吃西瓜的时候，地上已经全是西瓜皮了。他们可真够猛的，一个西瓜二十斤，两只西瓜四十斤，你说他们每个人吃了多少？书记还问青青，还吃吧？管够。青青拍着肚子说，不行了，已经满满一肚子了。那三个人就哈哈大笑了半天。这时候，船也来了。我们就一起上了船。

接下来就出现了状况。

西瓜这个水果非常的利尿，他们又吃了那么多。那三个人也不在乎，有内急时就大叫一声，背转身子往湖里尿。后来干脆也不用发出大叫的警示，背过身子就来。他们是男人，天生就有方便的条件。

青青起初还好，又说又笑还唱了几支歌配合山水的心情，渐渐的，青青沉默起来，一直四处观赏美景的眼睛收了回来，而且黯淡无光。她坐在船舷上，合上眼睛，紧闭嘴唇，佝偻着身体，胳膊抱着双膝，一声不吭。

我于是担心起来，小声说，不行你就解吧，让他们背过身去，我挡着你。青青坚决地摇了头，事实上的确那很难，船非常小，人挨着人。我只好转而敦促会计把船开快点，我知道说也是白说，那种船我坐过多少次了。果然，他慢悠悠地说：也得能够啊，这是最大马力了。说完，那三个人又一次大笑了起来。

两个小时之后，我们终于到了四里半村，但是，青青狼狈透顶，她的水磨石浅色牛仔裤湿了一大片。我叫四里半村的妇女主任取来裤子的时候，青青终于大声痛哭起来。换了裤子之后，她坚持回乡里，改乘另一艘船，船开动起来时，她看了我一眼，我看到一种幽怨和敌意。

说实话，我心里很不好受，所以没理睬那三个人就往村里走，远远地听见他们说：还大学生呢，这不傻子吗？自己是什么鸟不知道！

我回到乡里之后，最先听到一个惊人的消息，青青辞职了。她再也没回来过，辞职手续都是她的父亲代为办理的。

姑姑讲到这儿就沉默下来。我问姑姑：

"现在她怎么样了？"

"不知道。没有她的任何消息。"姑姑回答。

我又问："你当时知道这种结果，是吗？"

姑姑带着明显的悔意说："我没有估计到会这么尴尬，这么严重。"

我沉静下来，细细地揣度这个故事。

这可真是很好的一堂课。直到我坐在火车上奔赴我的舞台——每个人必须亮相的舞台时，我还这样想。

需要补充的是，我的姑姑的确不吃西瓜，家族的人都知道。

大　鱼

镜湖里有大鱼，不是一般意义上的大鱼，就是说不是一米两米的大鱼，而是三四十米的大鱼，和往来的游船仿佛。

有关镜湖大鱼的事情虽不及喀马斯湖大鱼影响广泛，但也终于是沸沸扬扬的了。

这是个噱头吗？抑或是炒作？都不关我的事，我用这样的语气叙述和任何传媒不搭界，只因为——等一下！

我的伯父住在镜湖边，是个老林业，年轻时在镜湖水运厂，专门把刚砍伐下山的原木放入湖中，排好，原木就在动力牵引下顺着湖水的流向被运出山外。我从来没亲眼见过水运原木的壮观场面，它像一种灭绝的动植物永远消失了，我只见过一幅版画，不过我觉得好在是一幅版画。

我的伯父安居山中，和伯母养了一头奶牛，两只猪，三箱蜜蜂，一群鸡，一条狗，侍弄一大块园子。

我那一次到伯父家，正是大鱼像流言一样泛滥的时候，有传闻有悬赏，但是从没有人通过任何方式捕捉到它，是的，从不。

我走进院子的时候，伯父和伯母在八月的秋阳里铰蜂蜜。伯父很神，他穿着一件半截袖的老头衫，露着两只黝黑的胳膊，一只脚踏着踏板，蜜蜂们"嗡嗡"地围着他转，我看得心惊胆战，尤其是伯父稀疏的头发里，伯母的鼻尖上有蜜蜂爬来爬去。

我把照相机、摄像机、远红外望远镜等等机械，居高架在伯父的院子里，一排枪口一样对着湖面。在这些事情完成之前我没有说一句话，反之亦然，伯父伯母也并未理睬我。

然后我问伯父："真的有大鱼吗？镜湖就在您眼前，您见过它吗？"

伯父沉吟了片刻，说："你记好了，什么事情都不能让人知道。"伯父把"人"字说得很重："人要是知道了，就没好了。要是人不知道这山里有大松树，那些大树就还活着，现在还活着，一千年、一万年也是它。人知道了，那些大树就没有了，连它们的子孙也难活。"

我当时心里充满了探索的热望，打断大伯："求您说实话，到底有没有大鱼？"

大伯深深地看了我一眼，不吱声，我突然感到不同寻常的异样。首先是大黄狗，刚才还在我身边前钻后跳地撒欢，这一刻忽然夹起尾巴、耷拉着耳朵、耸着肩膀一溜烟钻进窗户下面的窝里去了。几只闲逛的鸡伸长了脖子偏着头，一边仔细谛听，一边高举爪子，轻落步，没有任何声息地逃到障子根去了。

我猛地领悟了伯父的眼神，随即周遭巨大的静谧漫天黑云一样压下来。阳光并不暗淡，依然透明润泽，但是森林里鸟儿们似遇到宵禁同时噤声，紧接着，平静如镜的湖面涌起一层白雾，顷刻一排排一米多高的水墙，排浪似的一层一层涌来，然后——等一下，你猜对了。

大鱼出现了！

大鱼又消失了！

一切恢复原样。

我那七八个现代化机器等同一堆废铁，是的，我没来得及操作。懊恼地坐在地上，看着鸡们重新开始争斗，大黄狗颠颠地跑出院子站在湖边高声大吠，森林里的鸟儿们的歌声循环往复，我忽然想：其他动物或者植物该是怎样的呢？

伯父却淡淡地说："我们活我们的，它们活它们的，不相犯。"

又说："你倒是个有缘的，有的时候它几年也不会出来一次。"伯母在旁边连连点头。

随后的一个月时间里，我都住在伯父家里。我睡得很少，吃得也很少，基本没有说话，但是心里很静，很熨帖。伯父伯母每天仍然愉快地忙碌着，两只猪、一头牛短促的呻吟和悠长的叹息互相唱和，呈现的都是生命的本来面目。我不知道是哪一天晚上，伯母拿来自酿的山葡萄酒，我和伯父喝着唠着，就听见了伯父给我讲的又一个惊人的森林故事。

野人？外星人？等一下，别猜了，你猜不对。而且，我和伯父一样，不会说出一个字。

打死也不说。

满洲姑娘荣九

荣九跟着阿玛遛完鹰回屯子，阿玛骑蒙古马走在前面，荣九的雪花青随后。荣九左臂高擎海东青，挺直的腰背上斜跨一杆猎枪，眉宇间透着傲人的英气。一种山野林间才有的风致，一下子让山本少佐看进眼睛里拔不出来了。

村长常大嘘呼来找荣九的阿玛：“让荣九去村公所‘勤劳奉事’去吧。不累，就是给山本少佐洗个衣服做个饭啥的。”

荣九的阿玛一听暴跳如雷：“他妈你寻思啥呢，要奉找你老婆奉去，滚犊子！”

常大嘘呼闹了个大红脸。知道爷们豪横，惹不起，一边往外走，一边说：“爷们跟我也犯不着这样，不是我的意思，山本少佐让我来的，你有本事自己个儿找他回去。”

“那是你的日本祖宗，你拜去吧！”荣九的阿玛还不解气：“呸！”一口吐在常大嘘呼的后脚跟上：“没骨气的东西，就一个小日本儿，把你们百十号人折腾得团团转。”

封山并屯之后，村公所住进一个日本少佐，掌控着警察三十人，白卫团六七十号人。平时他们充当宪兵，在管辖的几个屯子里，四处寻衅，随便一说你通匪，轻则一顿暴打，再勒点小财。重则就地带走，是死是活就没法说了。日本部队上山围剿抗联的时候，这帮狗腿子又被编入队伍，在前面带路挡枪子。晚上宿营，睡到半夜就被日本人逼迫着和他们住的帐篷对换。可是抗联从来也没有打错过，不管前半夜还是后半夜，抗联打的那叫准，专门打日本人。日本人现在还蒙着呢，其实，秘密全在荣九身上，荣九的阿玛把情报弄准，荣九进山报信儿。

荣九十六岁，是个长腿长胳膊的姑娘。在森林里身手敏捷，活像一只梅花鹿。抗联的大哥哥大姐姐都喜欢她，说她一笑起来眉梢和眼角都挑得高高的，俏皮；不笑的时候，眼睛静静地卧在眉峰下面，有一点寒气。有几个小伙子脸上明摆着喜欢她。可是，荣九的眼睛里只有大胡子营长的盒子枪。摆弄起来没够，每次被收回去时，荣九粉白的小脸儿上总现出可怜巴巴的样子。一次，大胡子营长成心逗乐子：

"荣九不是稀罕盒子枪嘛，这么着吧，黑子他们谁给你缴获一只，你就嫁给谁得了。"大家就笑，荣九不吱声，只是狠狠地瞪了一眼。大胡子看着有趣，仗着自己的年岁和荣九的阿玛不相上下，伸手要掐荣九的脸蛋子。这时候，荣九的眼睛放出寒气来了，大胡子营长还真就没好意思下手。

一天荣九下山，忽然黑子从一棵大树后面闪了出来，把荣九逼着靠在大树上，才从怀里掏出一个红绸包，打开，一只擦得锃亮的盒子枪！黑子看见荣九的眼角眉梢挑了起来，就把另一只手放到荣九的肩上，荣九用力一抖，摆脱了，同时猛地夺过盒子枪，一低头从黑子的腋下跑了。雪花青警觉地昂起头"咴咴"叫，黑子朝着荣九的背影喊：

"一匹好马！"

"不用你说，我知道。"荣九不买账。

"说你呢！"

"你是大傻狍子！"荣九也不知道为啥说这么一句。黑子哈哈大笑起来。

荣九还不懂，只知道自己是阿玛的心头肉，阿玛是她的主心骨。阿玛没有告诉她常大嘘呼的缺德事，但他要荣九记住：事儿不好就上山，不回来了。

出事的时候荣九不在家，她和吴家几个姑娘抓嘎拉哈，又说又笑热闹得像一台戏，外面乱糟糟的谁也没察觉。吴三婶慌慌张张地进来，一把将荣九按在炕上，挡在身后。荣九这才听见窗外杂乱的脚步和大声的吆喝。荣九激灵一下：阿玛出事了！她一骨碌爬起来：

"我去救阿玛，我决不能让他们把阿玛带走！"荣九就没见过抓走的人有谁活着回来。

荣九飞快地往家跑，蒙古马和雪花青焦躁的嘶鸣刺透寒冷的黄昏召唤着她。"我来了。"荣九在心中回应着。她扑向干草垛，取出盒子枪。这时候，两匹马竖起前蹄急切地踢踏着，荣九解开缰绳，跳上雪花青，蒙古马立刻靠上来，它们并在一起，铁蹄翻飞，向外冲去。

"阿玛！"荣九高叫着冲进人群，飞扬的雪泥搅起一阵烟雾。子弹炸裂，叫骂，人影纠结奔突，乱成一团。警察和自卫团定下神的时候，荣九和阿玛已经消失在茫茫的森林中，只有那只海东青断后，它打着唿哨，盘旋着，一遍遍俯冲。

第二年春天，猫了一冬的货郎都出来了，挑着担子走村穿屯，不多日子就来一个。他们总是有老多故事逗引大人孩子围着他转。都在说一个神奇的事儿：有个女抗联，厉害，小鬼子都怕她，骑一匹雪花青，专门穿小日本儿的糖葫芦。小孩子就问：小日本儿的糖葫芦是啥样的？货郎哈哈大笑，这样的，举手摆出瞄准的架势，口中"呼"的一声，说：一枪出去，撂倒一串。小孩子又问：难道小鬼子傻等着她穿吗？货郎大喝一声：问得好！有一只神鹰帮助女抗联，"嗖——"它专啄小鬼子的眼睛，小鬼子麻爪了，枪炮就全不好使啰。

少年梦·青春梦·中国梦——中国故事
[安石榴] 完全爱

野猪皮

讲故事的老人我叫他叔公公，尼玛察氏，来自建州女真，先祖五世贝勒在努尔哈赤的麾下多方征战，后来被派到宁古塔戍边。尼玛察氏的后代就在宁安一个叫八家子的地方繁衍生息。

这些不是叔公公讲的，是我在家谱中看到的。老人说，其实他是问我一个问题，他说，你知道森林里什么动物最可怕？

我说，虎。

他说，是野猪。

我说，虎是山中王。

他没解释，说了个故事给我听——

那一次我们六人进山，并不是去打猎，有别的事情，所以不想招惹它们。当然我们是背着猎枪的，其中有俩伙计还另外拿了扎枪当雪杖。呵呵，在零下四十度的森林里穿行，豪气呀。森林黢黑，像一堵黑色大墙，挡住了外面要命的"大烟炮"，"大烟炮"的猛劲儿大打折扣，只在我们头上几十米处的树尖儿上偶尔打个呼哨。林子里静悄悄的，草尖儿不动，树枝不摇，冷得干巴。就是这么个时候，我们和一群野猪遭遇了。

叔公公停下来，似乎要回答我先前的某个疑问似的，说，你可听说过谁在林子里遇到一群老虎、一群黑熊？

我想想，的确没有。虎熊处在动物链的顶级，有独自生存能力，所以个个都是孤独侠。

叔公公赞许地点点头，接着讲他的故事——

也不知道怎么回事，我们六人就突然和一群——得有六七只野猪——对上了。它们披着一身乱糟糟的黑灰毛，小眼睛通红，鼻孔转动着一鼓一鼓的，挺着两只尖尖的耳朵，咯吱咯吱磨牙。白雪衬着清虚虚的晨光，可以清楚地看到它们的大獠牙泛着冷光，让人脊梁骨发麻。领头的是一头大个头的公猪，我们从没见过它那种身段的野猪，看起来就像现在我们在电视上看到的北极野牛，连那野气十足的劲头都像。

我们双方一时间都没有选择行动，只是一动不动地对着眼，等待着忍熬不住的一方退却。可是，有一个伙计沉不住气了，他把猎枪从肩膀上取了下来，就这么一个小动作却坏事了，野猪群发出一声嚎叫，向我们扑来。

犯规的人首先半蹲下来放了一枪，我们五人各闪到五个不同的位置上，猎枪也都握在手中了，可是那伙计的第一枪根本没有作用，只听一声低叫，也不知道击没击中，领头的公猪带头飞扑上来，野猪群没有一个不听指挥的一齐向他冲过去，就把他吓呆了，那只公猪一拱，他一个仰八叉倒下去，雪末子让他搅起一人来高。我们五人一起开枪了，就像开花的炸弹一样，野猪群向四处发力、奔突，好家伙啊！一阵乱枪乱棍。事起突然，有一人的猎枪哑壳了，他倒是机灵，抓起扎枪一枪就扎住了一只野猪的脖子。他本想按住扎枪制服野猪，可那是不可能的，野猪一甩头，獠牙就折断了扎枪，轻松得就像我们掐断一棵菜。而那伙计还抓住扎枪不松手呐，结果折断的扎枪把他闪倒在地。说起来我们也都是有经验的猎人，而且多亏我们人多，各找机会不断反击，到底打倒一只野猪，其余的仓皇逃跑。这时候我们才发现，被野猪扑倒的伙计不起来，双手捂着大腿一连声地叫唤，过去一看，血水从他手指缝里往外冒，野猪的獠牙把他的大腿豁开了。我们合计了一下，估计至少还有一只野猪受了重伤，于是留下一人看护受伤的人，我们四个跟着野猪群的脚印和血印继续追赶。追出去两里地吧，看到那只领头的大公猪独自卧在雪瓮里，看来它把猪群驱赶走了。它仍然气势汹汹地不许靠近，我们包抄上去，明白它已经气息奄奄，就等待着没有出手。其实，这时候，它单挑一两个人也还是容易的。

后来我们把它弄到山下，过了秤，足足八百斤。褪了毛，又有了一个惊人的发现，这只公猪啊，浑身上下竟然有八十八处疤痕，长长短短，新伤老伤，比比皆是。我是一处一处数的，那些老伤痕叠加新伤痕的地方我就算是一处。等到开肠破肚，又在它的肩胛骨缝里取出三粒锈迹斑斑的沙弹！这只可怜的野猪一生遭遇过什么呢？难以想象，它就像一个百战沙场的老兵，伤痕累累，但是充满荣光。

就这么件事儿，就这么只野猪，我一直忘不了，从我二十岁到今年的八十六岁。

老人讲到这儿，闭上嘴，目光迷离。很久，开口道：你知道老罕王是谁不？

我说，知道，努尔哈赤。

他问，你知道努尔哈赤四字是个什么意思？

我说，不知道。

他说，野猪皮。

表哥与秘密

　　表哥在几近成年而未成年的那几年中，每一个暑假都会在我家住上一段时间。现在想来，那是两个家庭融合与疏离的结果。在那些漫长而显得懵懂的日子里，大表姐渐渐淡出了，表哥留了下来。领着我在轰鸣的山水回声中，搬开河里的石头捉小龙虾的苍白少年，终于长成一个高挑瘦削的青年。可能还有一点少年的影子吧？他跟我说，如果睡前把一枚硬币放在胸口上，这个人就永远也醒不来了。我发了一下午的呆，偷偷拿出一枚硬币揣度，有点怀疑，有点相信，一度无法自拔。

　　现在我不相信表哥的鬼话了，可还是不想甚或不敢去试一试。为什么会这样？我自己也不知道。

　　表哥和大表姐都是大姨的孩子。

　　我对大姨，也就是我妈妈唯一的姐姐只有一个清晰的印象。那年我五岁，半夜里被压抑的啜泣声惊醒，睁开眼睛，看到妈妈和一个很像妈妈的妇人相对着流泪呢。

　　我和父母一个房间，我哥哥自己一小间，姐姐们和奶奶一间。所以这件事，别人不知道。我爸爸常年在外，当时也没在家。

　　在昏黄的灯光下，妈妈和大姨低低地啜泣。我长大之后觉得她们极力压低声音似乎并非怕惊扰我，而是怕惊扰奶奶和哥哥姐姐，我说了，那时我五岁，还不能算是个"人儿"。她们注意到我愣怔怔地看她们的时候，大姨笑了一下，温和地说："哟，看看，把孩子惊醒了。"说着，就从身边很大的布制兜子里取出一个东西来给我。我拿在手上仔细看，是个小巧的玩具。两只绿色的小鸡，站立在一个长方形的小匣子上，小匣子的一端有个突起的小东西，显然是手柄，我抓住它，一拉　推，上面的小鸡就你一下我一下地低下头啄一只同样绿色的小碗。

我就玩了起来，耳朵也听到拧鼻子的声音，妈妈说："我把妈妈接到我这里吧。"

大姨回道："算了，你的孩子多，又有婆婆。"

顿了顿，大姨又说："都是命，要是哥哥在……"没说完，两个人就重新啜泣起来。我知道我有一个舅舅，不清楚怎么回事丢了。

我对大姨就这么一个清晰的印象。不久，外祖母去世，妈妈带我去奔丧，我只记得妈妈哭天怨地，非常吓人，从来没见过妈妈那种样子，所以当时妈妈以外的人和事都不记得了。

以后就仿佛没有大姨这个人了，我长大之后知道外祖母去世两三年之后，大姨因肺结核病逝，紧接着，原本模糊的大姨夫也去世了。

当我能把人和事记忆完整的时候，大表姐每年都要来看望妈妈一次，她那时已经出嫁了，"老姨老姨"叫得亲切甚至于缠绵，妈妈却一点也不高兴，总是当着我们的面训斥她。大表姐低着头，一声不吭。因为她说话，妈妈训斥得就更厉害。我记得很清楚，一次大表姐说表姐夫喝酒打牌，妈妈厉声说："你是怎么当媳妇的？是你不够贤淑。你要记住，家有贤妻丈夫不摊横事！"

被训斥的大表姐转身扑进我奶奶的怀里痛哭，其实她们之间没有更为亲近的血缘，可是我奶奶马上张开手臂抱住她，拍着她的后背也流下泪水，说："好孩子，宽心些，宽心些。"

后来我表哥长大了，向我妈妈请安的事情就由他来担当了，他要坐很长一段火车。一次风尘仆仆地来了，有什么喜事的样子，他乐呵呵地说："老姨，你知道今天是什么日子？"

我妈妈突然一凛，肃着脸说："怎么不知道？你姥姥的忌日！"

一句话就把表哥噎在那儿不能动弹。

后来，表哥那里总有山洪灾害，妈妈就让爸爸把表哥的工作调了过来，却并没有安排在我们居住的 A 市，而是距 A 市半个小时车程的 B 市，那是个县级市，好在也是十分富饶的地方。

但是，妈妈仍然没有给过表哥好脸色。

前一段时间，表哥来 A 市办事，顺便看我。那是个秋雨连绵的日子，又湿又冷。因为不是吃饭的时间，我俩就坐在一个蛋糕店的楼上喝滚烫的奶茶。楼下就是蛋糕店的操作间，有一排巨大的烤炉，所以，楼上温暖如春。表哥早已退掉了小小少年那一脸无忧无虑的苍白，也就终结了我们兄妹的玩伴时代，现在的他在我面前总释放一种耐人寻味的力量，当然地成了我牢固的倾诉对象。我们双手捧着奶茶，心又柔又软。我笑着说起硬币的事情，表哥则瞪大了眼睛完全是听了新故事的表情。后来，我放下奶茶突然问起那些往事，那些莫名其妙的训斥。

表哥长久地盯着窗外冷雨中匆匆过往的行人，然后回过头来慢慢地说："因为我们的外祖母死在我家。"

"那又怎样？"我问。

"自尽的。"

须　弥

　　我结婚的婚礼上，没有公公和婆婆，其实他们是在人世的，据说身体也没问题，只是丈夫也找不到他们。这事儿听起来怪哉，我进了夫家的大门，怪事儿就一个接一个的来了。

　　我公公一辈子走南闯北经历很多，他不怎么在家待着，这就是我的婚礼上不见公公婆婆的简单答案。我的小叔子结婚也是这样，家长的位置是我们当哥嫂的顶替的。又过了数年，公公年老了，就带着婆婆回到夹皮沟，再也不下山了。老两口吃斋念佛，清心寡欲，怎么劝都不下山，是一次山也不下，我们只好按时按节地回去看他们。平常的日子他们并不介意，哪怕是大年三十和初一，只有阴历八月十五，倒是要我们必须回家，即使不能都回去，每家也得派个代表。

　　记得是十年前的八月十五，不知道为什么，这一次非常的齐整，两个儿子，两个儿媳妇，一对孙男孙女都回来了。吃了晚饭——现在想起来，公公其实没有吃东西，是我们吃了饭，收拾利索了，公公叫我们都坐到炕上去，他自己已经盘腿打坐在炕头上。他面对着我们，手自然地放在两腿之间，眼睛低垂，仿佛闭上了。我发现公公的青色便服是刚刚换上的，肩上及袖子折叠的痕迹依稀可见，宽松的青布裤子扎着黑色的裹腿，显得那双脚心朝上的脚及冷白的布袜子有一种莫名的虚妄。我忽然心头一凛，感觉不太一样，可也说不出来是什么。还不到点灯的时候，那氛围似乎也没有人会认为应该点灯。公公开始说话了，说了很久。我现在想不起来他说的什么，是真的想不起来，我仿佛被什么不可名状的东西慑住，或者掌控。公公的轮廓在此之前以无比清晰的线条呈现着独立的个体，渐渐地，身后青白的冷火墙泛起月白的清光，消解了部分的他。窗外的月光也滚涌着倾进来了，山里就是这样，气象总在瞬间突变。此时公公变成了浮雕，镂刻在厚朴迷人的混沌当中。我眼睁睁地看着一种肃穆和庄严随即弥漫开来，我脑子有一点晕眩，心里陡然生出悲天悯人的情怀，仍然不知道为什么，但是眼前一片迷蒙。这时候听到一个虚幻又清澈的声音：我去了。随后是深邃的静谧，黑暗影子般迅即覆盖，又迅即消退，朗朗的清辉当中，公公辞世了。

婆婆说，他坐化了。

墙角处有一只一米高的陶制坛子，此时我已经知道了它的用处，是为了安置坐化了的公公的。可是我觉得坛口只有人头部的横截面般大小，公公高大的身体如何安置呢？这仍然是一件不可思议的事情，可是，我丈夫和他的弟弟两人小心翼翼地按着婆婆的指点抬起了公公，那个坛子仍然停在原处，我突然有一种想哭的感觉，结果泪水蒙上了我的双眼，公公入坛子的细节终于没有看到，可是，我目光重新清澈的时候，眼睁睁地看到，公公充盈其中，坐定，没有任何悬念。我亲眼看到婆婆封上了坛口。

第二天清晨，丈夫和他的弟弟两个人分别抓住坛子肩上的抓环，提起，我看到兄弟俩突然同时变了脸色，并默默对望了一下，然后表情坚决迈开步伐。我们上路了，寂静的林中小路裹挟着薄雾流连于奥秘当中，似乎为了适应那个氛围，没有人说话。还有一个细节，此时的婆婆没有和我们一起上山。

安葬了公公回到家里时，婆婆已然打点好了一个小小的蓝布包袱，她说，她要去河南老家的兄弟那里住上些日子。婆婆不是丈夫兄弟俩的亲生母亲，她是在丈夫兄弟俩成人后由云游的公公从不知道什么地方带回来的。

山里每天只有一趟汽车，我们看着婆婆跛着一条腿上了下山的车，这时候，上行的那辆车进来了，两辆车擦肩而过，还互相鸣笛致意。上行车停下后从车上下来一个须发皆白的老人，他准确无误地问我的丈夫：你的父亲呢？丈夫回答：谢世了。他紧接着问：你的继母呢？丈夫回答：回河南了。那个人跳开一步，打开的两只胳膊不住地抖动，说：嗨，合该如此！

　　我丈夫和我急忙互相对望，我问丈夫：他是谁？丈夫回答：不知道。我们转过脸来再看那个老人，却已经烟雾一般消散得无影无踪了。回到林场家属区也没有见到那个白胡子老人，我们问了几个在外面闲聊的人，一概摇头没有见到一个外来的陌生人。

　　这些都是十年前的事情，如果不是还有下文，我都不会讲述它。因为，很多细节太过诡异，有时候我自己都不能判断是不是梦中的故事，虽然我尽量口气平淡，终究疑似蛊惑人心。

　　其实没有谶语，绝对没有。也没有任何征兆。

　　十年之后，我的丈夫在事业非常得意之时突然卷入一个政治丑闻，和所有的政治丑闻一样，连带出经济和情色事端，他选择从十四层楼上树叶般飘下来。他众多的情人灰飞烟灭于万丈红尘之中，却顽固地徘徊在我的记忆里。很长一段时间我不能确定我到底是沉溺于失去亲人的哀痛，还是自毁于他的不忠，我虚飘飘的，一阵微风都可以吹散。

　　这时候，去万千山似乎是冥冥之中设定的机缘，我除了想得到安宁，没有另外所求。

　　一座古刹坐落于嶙峋的岩石之中，其突兀困苦，如同红尘中万劫不复的预言，而其坚韧挺拔，又大约昭示着无常之归一的宿命。落叶蝴蝶般翻飞着张扬在一片明澈的空虚之中，我呆呆地注视着，慢慢的有一个身影走进我的视线里，我觉得有些熟悉，心随后加快了跳动，他走近了，我看清了他，谁也不用害怕，那是我的公公！他身披袈裟，双手合十，垂着眼睛，安然从我的身边走过。

　　如果是从前，我会即刻晕倒。但是，此刻，我的脚如同生根。落叶在他脚下盘旋，随他缓缓远去，我背转身走出山门。

庙门左侧有一处茶摊，我走过它，但我用余光还是看到了朴素的蓝土布帐篷下面那道沉静的目光，除了婆婆，还会有谁呢？我没有驻足，我知道那不必。无论你们是修行还是隐遁，都与我不相干，即使你们是刻意摆脱了瓜葛那又怎么样呢？

万千山一点一点与我分离，渐渐隐于我的身后，一个小女孩却从我身后追上来，绕到我身前，站定，她安安静静地看着我，说："奶奶让我跟您说，没什么大不了的，回去吧。"

我笑了，我当然回去，我当然回得去。

甚至，有一些永远不知道的事情，我都会当它压根儿不存在。

平行的生命线索

蜜月刚过。

女人在沙发上发现一个大包袱，男人说是他结婚前的旧衣服，刚刚从老根据地拿过来。女人打开翻看，男人在旁边喜滋滋地说：咱妈都给收得好好的呢。语调里含着给这个新家增添了财富的喜悦。

女人说这些东西至少淘汰三年以上了。

你可别给我扔了！男人马上紧张起来。他知道女人偏爱一种最彻底的持家方式，很让他忧心的。

女人说，你不会再穿它们了，留着也是扔，留三年就是三年之后扔，留五年就是五年之后扔，徒增累赘。

男人不同意，女人只好指挥男人将它束之高阁，放在最高处、不常用的柜子里。

果然，即使有价格不菲的，有没上过几次身的几乎崭新的，过了气儿的东西就是过了气儿的，再也穿不出去，所谓当时几百块钱的娇衫也抵不过当下几十块钱的 T 恤了。

一个清晨，女人伏在阳台上，看垃圾箱旁拾荒的背影。两只雨燕低飞过一排静静的绿化树，小区的院子里没有另外的身影。女人把大包袱从五楼推了下去，沉闷的声音吸引了拾荒者，她回过头看那包袱，又抬起眼睛一层楼一层楼地寻。女人向她点了头，拾荒者便大步奔包袱去了。

女人回屋，又看了看柜子，三年时光荏苒，奶白色家具已变成牙黄。而此刻沉睡在床上的男人没有一丝毫的变化，是那种彻头彻尾的，从内到外的守恒。

女人站在穿衣镜前，镜子中的自己也还是从前的模样，岁月似乎在她脸上停止流动。女人不知道是该喜还是忧，这样年轻着，这样庸碌的年轻着，可是快乐在哪里？

垂地窗纱帘被风鼓动起来，丝丝缕缕的暗影映入镜中，晃动在时光偷偷交错之中，女人的脸还是没有变化，五年，甚至七年。

这时候，牙黄的家具平添了些许更明显的锈色，穿衣镜里女人别过头，用手去抚镜子上几块擦不掉的锈斑，她下决心改变。

女人决定大兴土木，把家彻底毁掉，再重新装修。起初男人不乐意，当女人告诉他无需动用一分家庭储蓄时，男人面带幸福跟在女人身后张罗起来。

女人做得彻底，家具家电全换了新。她擦拭最后一件电器的时候，小姑子来参观。小姑子兴高采烈地检阅了一遍，带着艳羡和嫉妒，开玩笑：嫂子，都换新的了，就差我哥换你了，哈哈哈！

女人的手停在抹布上，心突然动了一下，觉得这也是一种思路。

之后，女人和男人离了婚，为此女人心甘情愿地选择净身出户。

很快，男人结了婚。新人很合男人的脾气，两人都是过日子能手，自家积攒的废纸废瓶子，一年也能卖上二三百块钱。小日子舒心又踏实。

女人没有结婚，她有了一个志同道合的情人。两个人利用假期走遍了中国所有神奇的地方。当他们差不多把世界也走遍了的时候，写了一本书，大开本，图文并茂的画册。封二有两个人骑马狂奔的照片。一望无际的沙漠尽头是大漠雄奇的黄昏，女人的脸呈极有质感的金色，与周遭的氛围和谐统一。她大笑着什么，笑容阳光般明朗。

这本书在女人故乡的小城里卖的并不怎么好，金秋书市打折，男人正赶夜市抢购便宜新鲜的蔬菜，灵感一现，顺手花两元钱买一本，回家给刚上小学的女儿包书皮。

　　男人选的是大幅风光图片，因为还有其他家务事，他匆匆地翻了一遍，没有注意女人的照片。

　　男人把女儿的书皮包完，裁剩下的画册又被他仔细收拾起来。他想这么好的纸可以干点别的，于是就放在立柜最底层的抽屉里了。

小桂的小筐儿

　　小桂是我小时候的邻居和玩伴，在她身上发生过一个很有意思的故事。

　　我们小时候也过家家，玩这个游戏得有一些硬头货，过日子嘛，免不了要有锅碗瓢盆，是道具，父母并不许我们拿真正的器皿玩耍，我们得淘，仓房是我们的淘宝场所，一些废旧的家什儿里，大玻璃瓶的盖子可以当锅，螺丝帽是戒指，扁锥是炒菜的铲子。这些东西粗糙得很，我们自己也知道，如果谁能带来一个精致些的宝贝，就特别受欢迎。这在过家家中女主人的角色上尤其重要。我有一只小筐儿，特别漂亮，是我姥姥用胡枝子编的。小巧到可以放在手上展示，精致到不知道怎么描绘。我拎着它找婆家很容易，男孩们争着抢着娶我。小桂没有，又不甘心，把她家装垃圾的土篮子拎来了。大土篮子柳树条子编的，又蠢又脏，差不多和小桂一样高，她不拎还好，一拎更让我比下去了，好几天她的婚姻都极其不顺，没人娶她，成了剩女。直到有一天，她用小手勾着一只金灿灿的宝贝来了。那一天是个阳光满地的好天气，小桂就那样拎着一团美丽的金光，扭扭搭搭地走来了，还说：瞧我的小筐儿！我们几个男孩女孩全看呆了，是啊，我们看到了，它是把铜锁，可是谁能说它不是小筐儿呢？镀镍的锁梁可不就是筐梁，亮晶晶的，比筐梁不知好看多少倍呢，黄铜的椭圆形锁身就是

少年梦・青春梦・中国梦——中国故事
［安石榴］ 完全爱

别致的筐肚子嘛，闪闪的金光把我们全震住了。我们两眼放光地看着小桂，小桂绝对感觉到了，小脸儿立刻就不一样了，她举起右手让我们看她手上的一支步登高紫色的花儿，然后就轻轻巧巧地将花枝插在锁梁和锁身之间，小筐儿迷死人啦！这一天，小桂大获全胜，挑挑拣拣地嫁了好几次。

第二天，我们这些同龄孩子没有过家家，而是洗了头，换上干净衣服、新鞋子去学校参加入学考试。考试并不在教室进行，在老师的办公室。办公室桌上放着几样日常用品，老师有时拿起一样问面前的孩子是什么东西，有时不拿，而是出一个题目考问。比如老师给我的题目是：你上午吃了一个苹果，下午又吃了一个，一共吃了几个？轮到小桂，老师随手从桌子上拿起一个大铁锁，问：这是什么？小桂美滋滋、脆生生地回答：小筐儿。

小桂因此没有通过入学考试，也就是说，我上一年级时，她还在家玩她的过家家，我上二年级了，她才上一年级。

但小桂仍然是个快乐的小女孩，因老师缺少童心而错判的命运并未影响小桂的一生，她的生活、学习和工作都非常好。多么值得庆幸啊，这是我成年之后才懂得的道理，那时，我已经不再把小孩子被老师无意中彻底摧毁的人生当成偶然或极端的个案，然而小桂最终没有成为悲剧的主角，这一点是我非常想弄清楚原因的。小桂这样回答我：

"我的确哭了一场，为我小小的自尊心。你问我这件事为什么没有影响我的一生，我倒要问一问为什么要影响我的一生呢？这件事只不过让我晚上一年学罢了，又不是永远不许我上学。"小桂沉思了一下又说："你也知道我这人心大，天性如此，从小到大一直这样。这样的我长大了才有一个理念：不拿别人的错误惩罚自己。"

七天迈一米

小区门口有几个小店铺，在这个浮躁的社会里似乎不能幸免，它无法安稳下来，店主走马灯一样地更换着。同一个店铺，前天开洗衣店，昨天变成西点店，今天可能就是小仓买了，明天崭新的招牌上写着面食店。

故事就在新开的小面食店里。

我并不记得是哪一天发现面食店的，或者可能就是闻到面香味进店了，看到小小的店面，只有一个人在忙碌。小店的铺面不大，纵深较长，没有遮蔽，三个空间由玻璃窗间隔开，都在人的视线之下。最外间左右各摆一张长条小桌，几只塑料凳。中间一间是操作间，靠西墙南北通长一张大面案。最里间是灶间，两组笼屉，每一组都是几个笼屉摞在一起的样子，冒着热气。

我站在最外间，把手包随手放在长条桌上，桌子上有酱油之类的调料瓶，满满的筷笼。这时候，穿白衣戴白帽的人撑起腰一边看过来，一边开口："来点什么？有素馅包子、豆沙包、馒头和花卷。"是个中年男人，眉眼及脸的线条都很柔和，慈眉善目的样子，是容易让人信任的那种人。小店也干净利索，我从那天起，就是他的主顾了。

一眨眼三年过去了——时间啊，真的无话可说！小店仍然是那个姓单的店主开着他的小小的面食店。他似乎胖了点，脸圆了些，话也多了些——也许他还是那个样子，是我瘦了点，话多了些。买他面食时会多说上几句话，也都是无关紧要的闲话，不关乎我，也不关乎他。这些无关说话人双方的闲话，恰恰有个好去处，心里真正的块垒会因为无关紧要的几句闲话，释放些许。虽然是些许，也是愉快的减法。说起来这也是人之常情，我并未做进一步的自我暗示，我承认我是一个比较会自我调适的人。

就这个样子，忽然有一天，老单的门口竟然燃起一个烤炉，已经播散出诱人的羊肉串香味了，老单站在烤炉旁专注地翻动着一排密密紧挨的羊肉串。我说："呵，拓展业务了？"他笑了，似乎赧然。我兴趣盎然地进屋捧场，见最外间的两张小桌旁坐着三四个人，有吃，有等。果然，调料盒增加了孜然粉、辣椒面、盐和味素。操作间新添了一个冰柜正好填充东墙一面的空当。看来老单有所备哦。

他的羊肉串也和他的面食一样，干净、实惠、可口的家常味道。

因为是新增业务，人来的并不多，但我知道一定会有一些长远的顾客来支持他的新项目，就像从前支持他的面食一样，因为一个善良而敬业的人，总是能把自己的活计干得漂亮，并得到尊重。

就剩我和我带的女儿时，老单从外面进屋了。我说："羊肉串味道不错。"

他呵呵笑道："是吗？我是刚刚做这个，多提意见吧。"然后补充说："我在家试烤试吃了整一个月呐。"

"你怎么想起来做这个了？"我问他。

他说："我每天下午五点之前就把包子馒头蒸好了，专等着人来买，总是很清闲的一大段时间，就琢磨着要不烤个串？"他说完就又呵呵笑起来，"烤炉我拿来一个星期了，一直藏在灶间，不好意思摆出来。"

"是嘛！"我有些惊异。我真的不曾想，如此接地气的人也有所囿。

"是啊，这一点，事先我自己都没预料到，我有什么抹不开面子的呢？可这是事实，这一步——"老单"啪"地拍了下自己的大腿，重重地说，"老难啦！"接着，他朗声笑起来，很开心的样子，竖起食指，"烤炉摆在距离门口一米处，这一米，我走了七天。"他说这些话的时候，口气仿佛很是感慨，但显然把该放下的全放下了，他面带自豪，肩膀放松。

我带着女儿出来的时候，不自觉地回头看了一眼那一米的距离。是啊，我确定，的确只有一米。而且，可能谁都曾经面对过那样艰深的一米。

家和万事兴

　　大龙村王钢王铁兄弟俩没说下媳妇就进城打工去了，兄弟俩团结一心，互相帮衬着不几年就攒下了钱，回村盖了两处相邻的红砖红彩钢瓦的大房子，然后一起娶了媳妇，把媳妇安顿好，兄弟俩就又进城打工去了。两人内心很清醒，自己没有什么技术和专长，在城里赚不到大钱，趁着年轻有力气头脑机灵，能多赚点钱就多赚点，然后回村，孩子老婆热炕头，也是一个美！

　　这样又过了几年，兄弟俩各自有了可爱的儿子，老婆也都是勤俭持家的人，妯娌俩在家和在外的兄弟俩一样，团结一心，互相帮衬，把自家的田地孩子都侍弄得好好的。村里人人羡慕，五好家庭年年都有他们的份儿。

　　每年的春节，兄弟俩都要回家住些日子，而每次回家，看到自家的大瓦房、大院套，看到面色红润的老婆，活泼可爱的儿子，兄弟俩都高兴得合不拢嘴，喝上团圆酒之后，更是得意非凡。这一天兄弟两家六口人在哥哥王钢家吃团圆饭，酒酣处，兄弟俩又有点得意忘形，想想成人之前父母双亡，孤苦伶仃，到如今土地、房屋、老婆、孩子、钱，一个男人应该有的全有，不是本事又是什么呢？人一忘形，说话就有点飘了，兄弟俩一唱一和的说："咱们家过得好，全是我们兄弟俩的功劳，我们在外头一颗汗珠子摔八瓣，赚下家业，赚下红火日子，让你们吃好喝好，过好日子。知道么？你们妯娌俩嘴巴子搭在我们老王家的锅台上，真是你们的福气……"

妯娌俩互相看了一眼，没吱声，却都低下了头，相跟着默默出了屋，去厨房了。

第二天，王铁的儿子小铁去找王钢的儿子小钢玩，没想到却被做大娘的王钢媳妇揪着耳朵拉出门外，还恶狠狠地说："以后别来找你哥哥玩了，你哥哥要好好学习，将来考大学，去城里工作赚大钱，绝不像你大爷和你爹那样，去城里打个工，没赚几个钱，脾气倒是长了不少。"小铁哭着鼻子回家了，进屋就告状，摸着自己的耳朵说大娘不让找哥哥玩，王铁媳妇没说啥，给儿子揉了揉耳朵，王铁也没说啥，心里却不舒服，怪罪嫂子大过年的有点过分了，生气哥哥当不起家，看着自己的媳妇这样对待侄子也不管。他哪里知道，当时王钢的酒劲还没过去，睡得啥也不知道。

过了一天，小钢来找小铁玩，正赶上小铁家的饭口，桌子上有鸡有鱼有肉有虾。本来都是习惯动作了，小钢爬上炕抓起筷子就要开吃，油炸大虾差一点要入口了，没想到，王铁的媳妇一把抓住小钢的胳膊拉下炕，一直推到大门外，还说："回家去吧，以后别在这蹭饭了，耽误你将来考大学婶婶可担待不起。"小钢委屈得很，大放悲声地回家告状，说婶婶不让他吃饭，夹到嘴边的大虾硬是给抢下来了。王钢起初还不相信，以为儿子撒谎，起身去弟弟王铁家一看，好家伙，孩子老婆团团坐，吃得热火朝天的，王铁更是面色酡红酒气冲天。王钢就不高兴了，拉长脸，摆出一副兄长的威严面孔，大声痛斥弟弟不仁不义，有失长辈风范。弟弟王铁也不示弱，批评哥哥王钢不妥在先。争吵难有好话，一句一句专挑狠话说。王钢的媳妇也来助阵，王铁的媳妇自然冲锋在前，只一会儿工夫，局面就失控了，两个小孩子惊恐地哭叫，妯娌俩在地下打滚撒泼，没了女人的样子，兄弟俩的头颅迅速膨胀，撸胳膊挽袖子抓在了一起，即刻就要开打。

"哈哈哈……"一阵大笑，把王钢王铁兄弟俩吓了一跳，仔细一看，原来是妯娌俩在大笑呢，都笑得捂着肚子蹲地下了。兄弟俩住了手等着两个女人说话，王铁媳妇快人快语，先说："怎么样？如果让你们兄弟俩过这样的日子舒服不？"

兄弟俩傻傻地摇了头说："不舒服。"

王铁媳妇又说："还想不想过这样的日子呢？"。

兄弟俩连忙说："不想不想。"

这时候，当大嫂的王钢媳妇沉稳地说："这是我们妯娌俩想出来的主意。你们兄弟俩不是说，我们家的日子好，全是你们兄弟的功劳么？我们给你们变个方法过日子，看看一个家过得好不好，是不是夫妻共同努力才行呢？"

兄弟俩这才恍然大悟，这回低下头的是王钢和王铁了。

真 相

从确定母亲失踪那一刻起，我就苦苦思索一个问题，为什么？

那样漆黑的一个夜晚留给我永远的痛，大过无数流言蜚语。母亲生得美，四十八岁的她依然有着成熟女人的韵致，给人们提供了无尽的揣度。但我不信，一点不。

那一年我二十五岁，结婚半年，儿子在我腹中孕育三个月。等他出生的时候，看着同室产妇的母亲不离左右，我躺在床上，冰凉的泪悉数朝着心的方向流淌，默默地想，母亲凶多吉少，凶多吉少！

我一直有个秘密的企盼，生小孩的时候，妈妈就会出现了，因为母亲生我的时候颇费了周折，可谓九死一生，她总说姑娘随妈，从知道我怀孕就一直牵肠挂肚了。我猜测如果她还在这世上，无论天涯海角，无论处境如何，她都会在我最需要的时候守在我身边。

母亲到底为了什么？母亲到底在哪里？

世界上没有什么比失去母爱更令人痛心的了，即使家人做出所有努力，仍然有很长一段时间我不能原谅父亲、祖母和弟弟。为什么在我离开家半年之后母亲就出走了呢？父亲心里只有他的学校；祖母几十年来固执地坚守婆婆的尊严，即使母亲再累再忙，早晚饭也得等母亲做，祖母绝不援手；弟弟个子虽然比父亲高了，在祖母一手调教下，对帮助女人做家务永远嗤之以鼻。只有我是母亲最得力的助手，可是母亲十分疼惜我，只要她在家，就绝不许我做饭，她说："当姑娘时就做饭，结婚之后还做饭，那就会像我一样做一辈子饭。你在家还是好好当你的小公主吧。"

我知道，对丈夫婆婆儿女的爱都无限厚重淳朴的母亲，不可能和父亲以外的任何男人有染，更不可能私奔。

但是，母亲到底在哪里？

母亲在一个没有月亮的晚上出走，穿着家居衣服，连女人大都不离身的包也没带，她又能去哪里？直到我儿子可以翻身、爬行，这个问题都是我每天的功课。我一个人纠缠在永远没有答案的难题当中，出于母性的本能带孩子，对其他一切没有兴趣。在一个同样没有月亮的夜晚，我对丈夫的要求终于无法忍受，我真的崩溃了。

站在黑沉沉的大江边，我知道我只要往前一扑，一切结束。为什么不呢？我感觉到自己正被一种莫名的力量牵引，并向它俯就。就在这个当儿，一艘夜行船无声驶来，一缕昏暗灯光久久地窥视我，我忽然听到了儿子遥远的哭声，像绵软、温柔而有力的手——母亲的手！拉我回来。

可是，母亲到底为了什么？到底在哪里呢？

我从未间断地向着无垠的夜空叩问，二十三年啊，没有任何回响。

今年我也四十八岁了，虽然丈夫没说，我知道我是当年的母亲。母亲的模样和秉性鲜明地复制在我的身上。不知道从哪天起，我突然疯狂地琢磨"死"，无法自拔。和一位中医朋友谈起时，她告诉我人总是受遗传的影响。她问：你母亲更年期是什么时候，你还记得吗？我的脑袋"轰"的一声，二十三年的问题真相大白。

于是我又不能安生了。怎么能安生呢？这是多么常见的问题？我们——我母亲的至亲们，有什么理由忽视这个问题吗？自责排山倒海般湮灭了我，我是凶手，我们一家人都是凶手，无法饶恕。

这一次我真切的听到了母亲的声音："姑娘随妈，姑娘随妈！"是的，我知道了，妈妈，我知道你从来就没有离开过这个城市，你并没有像人们传言的那样出现在唐山、上海、北京，你没有离开过这条黑夜笼罩的大江。是的，我知道，这世界上只有我一个人知道。我的灵魂暗合了你的足迹，那么就让我得到永远的安慰吧，在母亲温暖的怀抱里。

这时候，一双有力的臂膀从身后紧紧抱住我，黑色的江面旋起大风充满我的耳鼓，月亮从云层中挣脱出来。

我不知道丈夫是怎么知道我的行踪的。

可是，我又怎么会不知道呢？

融　冰

家事，但的确是深仇大恨。

祖父那时死了第一个妻子，带着我的四个姑姑，祖母是黄花闺女嫁给祖父的。祖母怀着我父亲的时候，祖父被官府征去打胡子，用现在的话说是当狙击手。祖父是个很有名气的猎手。祖父跟着官府的剿匪队伍进山，因为有线人报告，所以很快就发生了对峙，但是，晨光微曦中，对方先行出手，那人亦是神枪手，一枪命中祖父的胸膛！

可是命运弄人，首先线人走眼，这一枪来自邻村的猎手刘海之手，事故的发生只是双方均认为遭遇胡子，而且悲哀的是他同时是祖父的朋友。其次，这件事为我没有出生的父亲种下了仇恨。几个月之后父亲出生，两周岁开始他便显出与众不同的异象来了。

祖母那时刚满了二十二岁，因悲伤过度落下昏睡的毛病，一旦发作，便睡得昏天黑地。那一次祖母睡在炕上，父亲独自在地上玩，玩够了要妈妈，却毫无办法，小小的父亲爬不上高高的炕。他一定是大喊大叫过的，祖母浑然不知。炕上有一只红缨枪——其实当时的人就叫它扎枪头子，尖锋并不锐利。父亲就推红缨枪的长杆，去刺祖母的后背，恰好被祖母的妯娌撞见了，她惊叫起来，其实即是没有危险的，这个女人完全是被这件事的形式吓到了：枪挑自己的母亲啊，下手够狠的！

五六岁，父亲知道找自己的爸爸时，瞪起一双向上挑起的鹰眼，咬牙切齿地说：我要报仇，长大了我要杀了老刘海。不得了，一下子十里八村的人都知道安家有个长着一双鹰眼要报仇的乳臭小子。

　　祖母开始害怕，她把父亲送到学堂去，让先生开化，可学堂的关先生确乎更欣赏父亲的叛逆，虽然父亲的功课也特别棒。十五岁的时候，父亲已经打遍天下无敌手。可是，父亲对待手下败将的法子的确令人费解，他总是把他们的十个手指肚用刀片划开。随后，父亲越界，不断向成人世界发起挑战，最高调的一次是把邻居三十多岁的大叔扭到警察署，仅仅因为对方在宽阔的地界上向祖母家方向移过微不足道的一尺院墙。祖母为着这些事情一次次地拿起笤帚追打父亲，父亲从未抗拒，迎着祖母的疙瘩雨，大声问祖母：你告诉我，老刘海到底躲到哪里去了？

　　父亲为报仇积蓄的力量已经接近沸腾的火山口，这回祖母是真的怕了，忙不迭地把父亲送到哈尔滨去念文明书。其实，父亲之所以在失怙情况下还能去哈尔滨念书，皆因当年刘海的赔偿，他是倾其所有赔付祖母的，之后刘海一家人就搬走了。父亲在哈尔滨念书的三年中，每年都在寒假的时候从哈尔滨坐火车到东兴县，在东兴县坐拉脚的马车回满天星自己家中。十八岁这一年，父亲照常在东兴县坐马车，这个车老板子是个佝偻身子花白胡子的衰弱老头。他给父亲分外仔细地铺好盖好狍皮被褥，自己一身破旧的羊皮袄裤、一顶长毛婆娑的狗皮帽子赶着大车一溜白烟地刺透腊月的寒风。老头一路咳嗽不断，时常有下一口气无处可出之感，每当这个时候，他就抱紧了鞭子缩成一团，乱抖一气。父亲在狍皮下觑着他的背影，暗骂他的儿女不孝。

　　等到了父亲的家门口，老头给父亲提过箱子，却并不急于交到父亲的手上，而是上下打量着西装毡帽并且已经身材颀长的父亲，突然开口道：小先生，我就是老刘海，你还给你爹报仇么？

　　父亲惊愕地瞪大了眼睛，盯着他看了好久，直到那双如同黑夜中阴鸷的鹰眼慢慢变成老太阳下眯缝起来的猫眼。然后，父亲安然地接过了提箱，转身离去。

仝素人

　　我看了看墙上的表，终于下决心把绿荷赶走，她已经在我耳根子聒噪了整整一个半钟头，要我把刚买的裘皮大衣退掉。她还就此繁衍了更多的话题，仿佛没有被希特勒毁掉的世界将在一瞬间糟蹋在我手里。她愚蠢地说起水，我有主意了，手边的水槽子里有两串葡萄，我把龙头旋到底，"哗"的一声，水像我胸中的闷气一样泻得爽利。

　　"天呐，你疯了！"绿荷睁大惊恐的眼睛，扑上来。

　　我重重地摔了抹布："我已经受够了，绿荷，我无数次请求你饶了我，你却一定要把我钉在耻辱柱上，你还想怎样？我用无磷洗衣粉、从不随地吐痰、自带购物篮、走路上班、不用一次性湿巾、废电池堆在家里……"我搋了口气："你还想怎样？"

　　"你可以做得更好，你凭什么掠夺另一种生命的毛皮来满足自己欲望。"

　　"够了，"我打断了绿荷，不能给她议论的契机，她那么专业，那么固执，没人可以抵挡。看着她随意放在地上的再生包，我断定它的前世是一条牛仔裤的屁股，电脑刺绣的图案覆盖了两只大而扁的裤兜，我笑了起来："我不愿意像你那样背一个破屁股满世界乱跑。"

　　绿荷愤怒了："你居然如此亵渎！"她抓起那只粗糙而丑陋的布包夺门

而出。

小贝马上就回来了，我不想让她们见面。小贝上初三，正在长身体，学业又那么重，现在红肉一点不沾了。没办法，我只会为着女儿才能做出伤害友情的事情。

但是不安马上纠缠我，我忍不住趴在十七楼阳台向下看。寒冷的冬夜完全渗入这个城市，各种灯的锋芒受挫，发着微弱的迷蒙的光。对面一楼麦当劳门口就是公交车站，那里有几粒伶仃的小黑点，我看不清楚绿荷是哪一粒，一种悲悯弥漫而来。我和绿荷之间似乎有一种宿命，彼此疼爱牵挂，绿荷此时一定是被我伤着了。我打开手机给她发短信："对不起，明天晚上吃个饭吧，权当赔罪了。"

在"鹿港小镇"，我和绿荷坐在安静的角落，她举起桌子上的消毒筷子："瞧瞧，就是这样的一点一滴给我信心。"

我会意地笑了。在一次性筷子最没节制的时期，我和绿荷出去吃饭时，她总是自备两双筷子。而现在，有越来越多的饭店使用消毒筷子了。

我们的木瓜粥上来了，每一份都配着两盏小巧精致的鲜奶。绿荷一盏一盏地送到我面前。

"怎么，不吃牛奶了吗？"我诧异。

"是的，鸡蛋也不吃了。"

一种很疼的痛涌上来："又不是杀鸡取卵，你何苦那么矫情。"

绿荷张了张嘴，却没有说话。她是不想和我交锋。

看着埋下头去的绿荷，我想起逝去的奶奶，一辈子吃净口斋，荤腥不沾，我不知道她为什么。而如今绿荷也成了全素人，我却是知道为什么的。

她把自己逼得没有退路，全身心沉醉环保，而丈夫却早已不是绿色的了。

难道没有调和的余地吗？绿荷刚刚四十岁，就没有多少头发了，一张清汤寡水的脸，单调的衣服，那个时尚漂亮的绿荷消失得干干净净。

"没办法呀，环保的东西都不时尚，而时尚的东西绝少环保。"绿荷耸着肩膀，不疼不痒地说。绿荷衣着的上线是混纺，下线是棉布，注定没有多少选择。这几年绿荷消瘦得厉害，一件混纺双排扣子的半长风衣实在撑不起来了，就找师傅加了一层棉花，变成一件活里活面的棉袄。她不穿一切皮鞋，那双脚就永远似老太太般的随便。

但是绿荷绝不猥琐，在饭店大厅里一片珠光宝气之中，绿荷那双清澈的眼睛荡涤了所有俗气，她闪动着黝黑的眸子，兴致勃勃地给我讲起她在青藏高原上调查时的所见所闻。

这样的兴致一直保持到回家的路上。

绿荷竟挽住了我——裘皮袖子，还温柔地把手插在我的腋下。过了好一会儿，她幽幽地说："你的胳肢窝让我想起那些受伤害的动物，我们救助的时候，它们往往气息奄奄了，胳肢窝却总是温暖的。"绿荷长叹了一声，不再说话。

绿荷的柔情给了我一种错觉，在我家楼下分手时，看着瑟瑟发抖的她，我脱下裘皮要她穿上，绿荷却狠狠地甩开，匆匆跑了。

我却染上了风寒，第二天没能起床。绿荷来陪我，吃了药，我很快就睡了，当我醒来时，房间静得可疑。我慢慢推开卧室门，客厅里，绿荷高挽发髻，穿着我的高筒靴、裘皮大衣，正对着镜子一个一个地摆着 pose。她优雅地旋转了身体。看到了我，绿荷坚挺的鼻子，骨感的脸一起慢慢扬起，透着一股子誓不罢休的倔强和傲慢。

我的心里，那种很疼的痛又滚涌儿来。

绿荷不知道，此时此刻，我是多么想把她搂抱在自己的怀里。

离离秋草黄

老李三出生在中东铁道线上一个叫陶赖昭的地方，他没有地，啥来钱快他就干啥。比方说，老毛子爱吃牛肉，可是不吃牛下水，老李三那时候还是个十三岁的小孩子，天生一副好头脑，他一分钱不花，讨下来整套的下水，拿回家弄干净煮烂，卖给中国人。日俄战争之后，日本子打赢了，东洋人爱吃鱼，老李三就拿个柳条筐到松花江边帮鱼把头拉网，报酬是尽可量地装一筐鱼，老李三转手把鱼卖给日本人。

老李三日子过得挺滋润，铁道线上来回跑，混得俄语日语溜溜顺，整天不着家。除了找买卖，他还爱交朋友，三教九流，各行各业，什么人都接触，哪有时间着家呀？没有。老婆带着一个女儿给他守着两间老宅。

有一天，老李三的一个把兄弟王张罗来了，进屋就叫嫂子："我大哥在哈尔滨上了一批棉鞋，让我回来套车去拉。"这类事情是常有的，或者老李三脱不开身，或者就是为了摆谱，派个把兄弟捎个话、取个钱、套个车啥的，老李三老婆没起半点疑心就放行了。

一个月后，老李三回来了，老婆问："车呢？货呢？"老李三说："啥车？啥货？"一对茬儿，才知道让人骗了。返身就去找王张罗。王张罗在新陶赖昭三里地之外的老陶赖昭，给一大户人家看祖坟。果不其然，人去屋空！老李三找到一个知根知底的人，使了点手腕，那人告诉他，王张罗赶着老李三的马车跑远了，奔了卜奎他表大爷家啦。知道卜奎是哪里么？就是齐齐哈尔，卜奎是它的老名字。如果王张罗真的一头钻进卜奎，老李三就拿他没办法。卜奎是个大地方，藏个小毛贼太容易了。可是，老李三不甘心，又细抠了抠，那个人招架不住彻底说了实话，原来是卜奎边上一个叫三间房的地方。

老李三第二天就上路了。他倒不是特别在意钱财，背信弃义就该受到惩罚。老李三就是这么混世面的，他不做对不起别人的事，也不许别人对不起他。老李三上了火车才发现很怪，车上的每个人都是一副失魂落魄的慌张模样。一个常跑车的老客，抓着李老三的袖子低声告诉他，发生事变了，日本子翻脸了。那天是"九一八"第二天。

一路上，老李三一直生着闷气，心想小日本子还想咋地？占便宜没够啦！逮着软乎土紧挖呀！火车也从未像现在这样走走停停，没个谱。到哈尔滨，满街的青年人在发传单，黑龙江代理主席马占山的抗日宣言。老李三已经有了主意，他年轻的时候当过几年东北军，马占山的部队，机枪手。老李三一落脚齐齐哈尔，直奔马占山的驻军地，重新穿上了灰军装。早把追讨王张罗的事情抛在九天外了。

1931年11月4日，老李三参加了中国抗击日寇的第一战——江桥战役。经过酷烈的鏖战，东北军退出齐齐哈尔，在汤池、三间房、昂昂溪设置三道防线欲再战日寇。老李三正好在三间房防线上。那天，老李三守在阵地上待命。老李三的阵地是一处高岗，埋伏在掩体里可以俯瞰整个三间房。此时，村子里一片静悄悄，家家关门闭户，没有人在街上走动，甚至狗都知趣地闭死了嘴。战前总有一段特别松弛的时间，兄弟们在战壕里吸烟闲聊，突然看见一个村民傍着阵地疾走，老李三喝住了他，问："哪里去？"那人颤声说："回家。"老李三问："你家是三间房的？"那人回道："是。"老李三问："三个月前，村里可有一个吉林来的人？"那人回答："王张罗。"老李三呲的一声笑了："劳驾你回村告诉他，就说他大哥来了，让他来高岗这儿见我。"那人猫下腰，连跑带颠地进村子了。

老李三抽完一支烟才起身伏在掩体里盯着村子里的动静，突然一声狗叫，随后，一个全身黑衣的人出现了，顺着一条东西走向的街道飞奔起来，一会儿工夫就跑出了村子。他没有奔高岗来，而是向相反方向奔跑，先把自己跑成一个黑点，然后就消失在一片望不到边的荒草之中了。

老李三叹口气说："我身家性命都不要了，你跑啥？你不用跑了。"心里又说，如果你是个有良心的，就给你嫂子捎个信儿，别让她惦记着我。

至此，老李三就音信全无了，没有任何消息。后来，老李三的家人接到过一封从黑龙江来的信，谁寄来的？写的啥？外人都不知道，只知道老李三家人坐炕上放大悲声地哭了一场。

几十年之后，老李三的后人专程拜谒过三间房，巧的也是个深秋季节。原来，这个地方正是松嫩平原，辽阔无边。枯草以一种不可想象的茂盛态势连绵充扩，并毫不吝啬地刻画出秋风的力量，其汹汹之势如亘古洪荒。他们站在荒草里，一时不知所措，慢慢的，心跟随了风在枯草尖儿上狂奔，终于也茫茫然了。

什么都没留下，不可能留下啊。

小美发店

　　小美发店是个小牌子，就在我家楼下，夫妻店。然而，店里总是女人独自忙碌，并不见她的丈夫。但是，她的丈夫是存在的，也许还是高手，只是他现身的时候不多。

　　我去小美发店十次有十次只见女人。店不是很小，有时没有顾客，女人就坐在升降椅上发呆；有时女人手上有活儿，沙发上还有人坐等。女人总是乐呵呵的，一边唠着嗑儿一边干活。我就是在她那里发现美发店对时间的理解是十分豁达的。女人并不因为排队而加快手上的动作，她仍然一成不变地按着自己的节奏工作，她捧着顾客的头颅，仔细地打理，洋溢着的愉悦仿佛就是小女孩抱着布娃娃。顾客也没有一个焦虑的，或看画报或参与聊天。时间在这个小美发店和缓下来，一片阳光从小店的大玻璃门泻进来，我看到空气中的尘埃也安详地悬浮着，并不乱搅一气。

　　也总结不出规律来，偶尔，女人会朝着店面后面的起居室大喊一声，听不清喊的是什么名字，一个男人推开厚重的实木门出来了，他瘦削、苍白，但不难看，很配女人。男人出来了就按着女人的吩咐做活，有时给顾客洗头发，有时用电动剃刀给男孩剃头。但做所有事情他都沉默无语，做完就不声不响地回后面的起居室。

　　有一次女人吩咐男人给我吹头发。我做头发的时候不多，只在某次洗澡之后，头发自己吹干了，还有兴致，就去做个头发臭美一下。那次自己没有吹干吧，女人分出一只手来在我的头发上抓了一把，就喊了一声，男人闷了一会儿才出来。我在大镜子里不经意地观察他，觉得他不说话没有旁的原因，只是不想说而已。他的表情表明他沉浸在别的事情当中，我闭上眼睛便觉得男人在黑暗的起居室里一定鼓捣点什么东西，而且是他人生的最爱，以至于超过了他为职业承担的责任。但是此时男人却是一丝不苟地给我吹头发，自如甚或从容尤其淡定。这又让我乱猜一气，也许女人是男人带出的徒弟？夫妻关系烙印着师徒之间的服从隐忍和包容，让女人心甘情愿地担负起生活重任。一切和谐是不是都是有原因的呢？

男人略显瘦长的脑袋理着普通的平头，创意在穿行于头发当中的几条细而隐秘的"地垄沟"，成不规则几何形。显然那是时尚符号，精工剪出的。

其实，小店很少有顾客排队的时候，我去做头发，差不多总是我一个人。女人很爱说话，她给我讲了很多愉快的故事，大多与她自己的生活有关。因为故事既不媚俗也不刻薄，很有点公序良俗的意味，我就挺喜欢她的，给她越来越多的回应。

有一次女人给我压着棱板儿说起她的信仰，也许是因为摸不准是不是"同道"的缘故吧，起初颇为试探，多少有些语焉不详。但我是懂得的，她于是带着对信仰微微的敬畏，含蓄地问我："你呢？"

我简约地回她："不。"

女人马上很轻松似地："没关系啦，没关系啦。"然后就告诉我她的哥哥姐姐和父母都是虔诚的信徒。

女人的语气有一种令人包容的淳朴，我便问她怎么做功课，或者如何理事。女人说："我不去的，我只见过一次师傅，师傅说了，放在心里就好。但是，我的父母和哥哥姐姐功课样样不落。"

女人继续道，"你感兴趣吗？我可以带你见他。没事儿的，其实我信呢，也不为成神成仙，只是觉得心里不空、安生。师傅说了，喜不喜欢，信不信都没事儿的。"

我是感兴趣的，所以回道："好的。"

女人要我的手机号码："到时候我给你打电话。"

我念出一串号码，女人记在一个大本子上。很简单，没有任何目的，我只是对每一种生命形态都感兴趣，我曾经专程去农村看我的表小姑子给一群要发财的人请神儿，也曾在邻居家观赏他因脑瘫而弱智的儿子给肺癌晚期患者开药方。我发现越是理性，看到的世界越是分外的感性。

这时候对面一大片楼群正在拆迁，轰轰的马达声不停，小美发店里，那个男人仍然躲在黑暗的起居室吗？而过去总是安详地悬浮于空气中的尘埃，此刻痉挛般地四处抖动。我默默地想，小美发店会流失多少顾客啊。

之后的一段时间我没有做头发，再去时，发现小美发店已变成安徽牛肉板面，想必是针对工地民工的吧，而主人是两个愁眉苦脸的中年男女。

小美发店不知去向，我当然没有把那女人的邀约当一回事儿，可是，接下来我发现我的手机，一时间突然增多了各种各样的广告信息。

我知道，这些突然增多的广告信息极有可能来自小美发店，我在一一删除它们的时候，一种痛惜之情慢慢充塞胸中，禁不住想，小美发店夫妻走了这一步，多么令人惋惜呢。

优雅与尴尬

　　小时候，我父亲有个同事，和父亲的年龄相当。我父亲那时已经是六个孩子的绝对老大了，那个人却还是孤家寡人，悠游于机关的单身宿舍。没事儿的时候他喜欢去我家闲聊。其实，他并不是一个擅长讲故事的人，他和父亲谈话的内容都是我不感兴趣的。偶尔有一个停电的晚上，蜡烛影子里，我们几个孩子实在想听故事，就央求叔叔讲一个吧，讲一个吧，他就讲了下面一个故事。

　　从前有个张家烧锅，是个屯子，只有两户人家，一户是猎户老海，一户是开酒坊的老张辰，都不是省油的灯。猎户老海得了急症，几天的工夫就灯油耗尽，石头一样沉在炕上，大风都翻不动了。他回光返照时，大显惊人之举：极轻巧地翻身坐起，面目朗润，目光清澈温和，恰似常态。他指着窗外的大道——此时东方熹微，青灰大道沉睡未醒，路边艾草沐于红边儿露珠之中，小鸟仍在啭声——猎户老海手指窗外大道，呵呵轻笑："看看看，二姐夫驾着大马车过去了。快给我套车，我追他去。"

　　二姐夫是他连襟，死了整三年。大道空寂无声。家人后脖颈子嗖嗖冒凉风，不知道怎么应答。

老海口气急促地催促："赶紧的，不然追不上了。"他把双腿耷拉到炕沿下，对陪在旁边的老哥们烧锅掌柜张辰说："来，把你鞋先借我。"老海的家人之前已经给他穿好装老衣。装老衣都是崭新的，鞋没沾过土。老海脱掉自己的鞋子，一手提溜着，趿拉着张辰的鞋走到地中央早预备好的拍子（灵床），爬上去，甩掉张辰的鞋，再穿上自己的，躺下，咽了气。

五年之后，人生的最后一刻轮到了烧锅掌柜张辰。彼时，他已经在炕上躺了三年，不能言语满二年。他四肢如枯萎树枝，脑袋如主人疏忽而整个风干了的倭瓜，但目光狂乱跳跃。他一点点使劲，僵硬的关节咯吱咯吱钝响，整个人像一只刀郎一样脸朝下支撑起来，好一阵颤抖，却没有再行瘫倒，而是突然爬动。惊得家人心脏狂跳不止，把他拖回来，他又爬开去。有一次，张辰的力道奇大，家人又惊又吓，已然控制不住，眼见着就要爬到炕梢了。还是猎户老海的儿子小海上来帮忙，大家伙一起用力，把他拖回摁在炕头。老张辰不能动了，他满脸泪痕，脑袋奋力转向炕梢，咽了气。

老张辰仨闺女，都嫁人了，儿子是老根儿，小，八岁光景，不能支撑门户。老张辰的老婆把烧锅卖了，领儿子投奔辽东的弟弟，算是远走。

张家烧锅的新东家接手时已是初秋，他打算趁天气好先掏炕，清理疏通盘在炕砖下面的烟道，确保漫长的冬季无忧无虑。小海听得真真儿的，"空空空"镐头刨炕面子的声音响了好久。没特别留心什么时候停了。

第二天早起，一切如常，但是，小海就是觉得不对劲儿，哪儿不对劲儿呢？他把目光投向烧锅的院子，去看了一下，烧锅五六间房子、一个大院子，里里外外没有一个人。炕面子全刨开了，镐头还扔在上面，和好的泥在地上，抹子、托板、铁锹四处散落。只是，人没了，一家子人家一个人也不见了，连个影子也没有，人去屋空。仿佛是突然起意，说走就走，那架势几近仓皇而逃。难不成他们在别处惹事了？仇家闻风追来了？

这一大家子人再也没回来，一直到大雪封门，小海坐在自家的炕上抽旱烟，听着山上的松林怒涛一般吼来吼去，小房子在震荡中稳如泰山。小海的脑子呼啦一下亮堂了："是不是老张辰在炕洞子里藏财了，要不然，他死时为啥拼命往炕梢爬？"

这个故事就结束了。尽管这样的结尾不像是一个故事的结尾，但是那位叔叔说，故事讲完了。

我当时很纠结，猎户老海到底看没看到二姐夫赶马车？他追上没追上呢？烧锅的新东家遇见什么了？如果是财宝那他们捡了什么财？是金元宝还是银元宝？用坛子装的么？张烧锅的家人后来知道了么？烧锅的新东家带着一家人跑哪里去了？这些真就是小孩子的问题，而且是非常急切的问题，但是那位叔叔并不跟我们纠缠，转而和父亲聊上了。

到我现在这个年龄，那些问题已经全不是问题，并非我已有答案，而是无需知道答案——人生大凡如此。经历过众多生死场面，偶尔重温这个故事，思绪总在那两个人的临终时刻徘徊，便恍然明白当初讲故事人的用意。也是，尽管人生的过程可以极其丰富或者截然不同，但是，结果却无非这样两种。

寻根酒

四百年前，冬天。

"大烟炮"肆虐整个黑龙江，裹挟坚硬雪粒子的寒风横扫一切。老山柳冻得焦黑，似曾山火烧烤；野鸡哀鸣，半空中头朝下摔落雪瓮中。韦德胜推开驿站门，寒风的利爪猛然掀翻了他头上的四喜帽子，帽子在硬壳的雪面上飞跑，韦德胜跳跃追赶，回到驿站的时候，脚上翁得的皮褶子里全是冰凉的雪末子。

韦德胜是"站人"。曾经吴三桂麾下神勇的兵，现在被罚做驿站的差役。清朝平灭三藩之乱之后，吴三桂的部属（几百户、数千人）全被发配到黑龙江几十个驿站充当苦差。寒冷的北荒之地，背负罪人的徭役，关键是距故乡万里之遥。

思乡，最是故乡酒。

悬在火盆上的双手温暖起来，食指灵活地抓挠，心就更乱了。韦德胜的手伸向腰间，那只扁扁的壶里有最后一口酒，故乡的红兰酒，一直伴随着他从温暖热烈的南方卷进大雪飞扬的北国。他的泪流下来了，最后一滴酒他倾在自己的手背上，紫色的水晶，那一刻他相信那是他的泪。

悲号从他的心底冲撞血液。故乡回不去了，永远。距离的阻隔难不倒这个身经百战的战士，但是，他头上的紧箍咒无法摆脱。清廷对这些重罪的站人有严厉的威慑："南去百里砍头，北走千里不问"！

第二年夏天，马齿苋长满了沟沟坡坡，娇嫩的花儿像繁星，而马齿苋颜色浓重的茎儿和厚厚叶片背面的紫红，让韦德胜灵机一动，从此，韦家有了自己的酒，一种淡淡的紫红颜色的马齿苋酒，韦德胜给它起了好听的名字：红兰酒。

四百年在岁月当中仅仅悠忽一瞬，一个孤苦的人生呢？更加的暂短渺小，可是，竟然会有意想不到的深长。也许这是韦德胜没有想到的，也许就是韦德胜思谋决断的。

韦德胜只是一个无名小卒，数千站人中的一个，在艰辛的岁月中，在无奈而无意之间，他丢失了几乎所有的家族信息，四百年后韦家的人除了知道自己的祖先是吴三桂的兵，清朝的站人，来自南边，之外所有的遗传密码全是谜！韦家的人在喜庆和忧伤的时候会端起一杯紫红色的马齿苋酿造的红兰酒，迷蒙的眼神在问着一个问题，我，来自何方？

也许，注定这个秘密要在四百年后的二十一世纪破译。

2011 年夏季，韦向前出差广西宜州。说实话，他在无数探寻根基的路途中，从未把广西列入视野，为什么？因为所有的资料显示站人来自云南和贵州、山东，没有任何资料提到广西。韦向前的友人给他斟上一杯德胜酒，他高高举杯，淡雅的清香超越尘封的四百年与韦家的前世今生剧烈的碰撞，金花四溢当中，韦向前热泪横流：我找到家了！我寻到根了！那一种一模一样亲切的称谓、熟悉的参与血液流淌的味道、缠绵又忧伤的归属感，如同笃定的信念刹那汇入他的血脉，那也是他祖先的血脉啊！它冥冥当中指引韦向前踏上归宗之途。

随后，韦向前马上知道了德胜红兰酒的传统工艺流程，竟然跟他祖传家酿马齿苋酒同出一辙！

之后的一天，韦向前坐在高坡上，俯瞰整个宜州城，快乐又忧伤。是的，快乐又忧伤。他自斟自饮一杯杯正宗的德胜红兰酒，想，祖先怎么参加了吴三桂的军队，怎样背井离乡已经不是个问题了，在所有历史的大潮中，老百姓只能随波逐流。可是，韦向前敬佩他的祖先，敬佩他不屈不挠的抗争和捍卫家族血脉的超常智慧。祖先把红兰酒的制作方法流传了下来，在这样一个貌似家族的习俗中镶嵌了神秘又明晰的遗传密码，暗示给子孙一条百转千回艰辛万苦的回归之路！

　　韦向前把最后一杯德胜红兰酒恭恭敬敬地洒在了地上，故乡的土地上。然后他大踏步地走向宜州城。他微笑着，满眼都是亲人，虽然他和他们不相识，可那有什么关系？他想，我们有着相同的根。他走得那么踏实，那么有力。他知道，也许，自己的脚步正好重合了祖先的足迹。因为这个，他感动得又流下了眼泪，而脚下的力量确乎更加的神圣了。而且，他还知道，虽然他就要回到最北端的黑龙江，回到杜尔伯特，可是他的根，所有遗落在古驿站上的韦家的根都已然深深扎在宜州这块神奇的土地上了。

五四式离婚

少卿把算盘放在炕桌上，告诉淑范今晚教她珠算。淑范心一沉，但是嘴上很爽快地答应了。

学珠算的进程不快，因为少卿也不天天在家。少卿是校长，林场子弟学校离着淑范和孩子整整三十里运材路。少卿平时在学校，有事的时候才回到镇上的家里，假期也不例外。

少卿不在家的日子，淑范把算盘放在自己眼睛看不见的地方。她带孩子、做针线、侍候园子，偶尔也和邻居媳妇们闲唠几句。去供销社买东西，秀芝心算也比那个售货员的算盘快。

可是少卿的眼睛里却放出忧虑的光。演算纸上有五十道两位数加减法题，淑范用算盘打了一遍，错了四十七道。这是淑范学习珠算半年之后的事。

那一晚，少卿连夜回学校了。淑范看着少卿推自行车消失在黑夜里的影子，心很痛："打量我是傻子吗？"

早有邻居问她："淑范，你怎么不去学校看看少卿呢？"

有人带着怂恿的语气："去看看嘛，淑范。就当走走，放放风。你不怕在家都蹲傻了吗？"

淑范笑笑："看什么看，他又不是不回来，我还没那闲工夫呢。"说的时候并不和人家对眼神。

淑范的心里明镜一般。她和少卿的孩子已经四岁了，是女孩。老家的公婆来信总问孙子的事儿，淑范每回把信给少卿，少卿总是突然焦躁起来，看也不看扔在旁边。

有两条出奇大长腿的通信员大马，给淑范送信时咽了咽唾沫说："嫂子，你心里有点数，我看见王校长和一个穿列宁服的女老师在运材道上溜达。"

大马又咽了一口唾沫："林场的人都知道。我不扒瞎。"

这一晚上淑范睡了一大觉，睡得很实成，没有梦。早晨醒来之后，淑范彻底忘了大姑教她的办法。她只记得一句老话：是你的跑不了，不是你的留不下。

少卿再回来时，淑范在算盘上可以熟练地加减乘除了，叮叮咚咚的算盘珠子像爆豆一样脆响，少卿清癯的脸上有了一点笑意。这一切没有逃出淑范的眼睛，她想："你瘦了，可不是为我瘦的，你笑了，也不是为我。"

没过几天，淑范去了供销社当售货员，是少卿给她安排的。一个月三十几元的工资，跟少卿相仿。

又过了些日子，一个黄昏，少卿回来了。他面对着窗户一连吸了三支烟，把最后一个烟蒂摁在窗台上，他回转身，说："淑范——"

"不用说了，大表哥，我同意。"淑范看着少卿轻轻地回道。

第二天，他们去办理离婚手续，少卿走在前面，淑范安安静静地跟在后面，两个人之间总有十步的距离。淑范告诫自己不要去看前面那个人，什么都不要想。她穿着自己新做的列宁服，心里默念着珠算的乘除口诀，眼前没有算盘，淑范倒是希望眼前就挂一个大算盘让她随意噼噼啪啪的拨弄个够。

淑范也不想看那张纸，可是人家交到她手上的时候，那张纸是平摊着完全打开的，淑范在合起它的一瞬间，到底有一行数字跳入了眼帘：1954年9月8日。

有一种男人是毒药

　　参加工作之后的第一个假期，我按计划出行。在外省拥挤昏暗的硬卧车厢里，对面下铺和中铺是一对中年夫妻。那个做丈夫的听说我和他们来自同一个城市，疲惫阴郁的脸上现出一点高兴的意思，当他知道我是职教中心的教师时，深陷的眼睛竟放出两缕兴奋的光。

　　他说：认识张梅吧？

　　我说：啊，大美女。

　　他看了看我，用一种需要确认的语气：小伙子，西十条路上的职教中心？

　　他见我点了头，继续用一种需要确认的语气：小伙子，我说的是语文老师张梅。

　　我说：没错，我们学校只有一个张梅……

　　没等我说完，他转过头去，低声呵斥妻子：你小点动静行不？那是脚还是手？他妻子正慌张地扶起被她碰倒的旅行水杯，一脸窘态。我这才注意到，瘦削的女人其实很年轻，三十岁左右的样子，皮肤细致，五官清秀，只是脸色灰暗，明摆着一个不符合年龄的表情。

　　男人转过脸来，莫名其妙地笑了，我止懵懂着，他说：你这小伙了可真逗，开什么玩笑，张梅还美女？

他拿眼睛逡巡我的脸，好像我的眼光有问题似的，我说：就是美女，优雅漂亮，学校公认的。

他说：张梅根本不会打扮自己，邋邋遢遢，鞋帮子当鞋底踩着。

我说：不对，张梅特时尚，最讲究的就是鞋——

他用一种不容置疑的口吻打断我：拉倒吧，我还不了解她？窝囊废，连话都说不清楚的一个人。

他停顿了一秒钟，补充道：除了她的语文课，那算是她唯一能讲明白的。

这时候，他的妻子站起来，从他的内侧出来，我看到他皱了皱眉头，又很不耐烦地推了她一下。

我说：我们好像说的不是一个人。这个张梅精明强干，现在虽然还兼着语文课，可是她的职务是教学副校长，刚刚公选上的，高票当选。

他愣怔了一下，我知道我们说的是一个人，只是我实在不知道对同一个人的认知怎么会有如此大的差距？因为这个，我有了探究的兴趣。我当然明白大多数男人是粗俗的，贬损女人是男人与生俱来的劣根，我也不例外。可是，这种情况总是发生在那些风流肤浅的女人身上，当男人把真真假假的喜爱和痛恨无法付诸行动的时候，只好痛快痛快嘴，满足虚荣心罢了。以我人生的经验，倒觉得像张梅那样优雅的女士，总是能够得到男人一致的敬重的，这个男人是怎么回事？

这时候，他的妻子回来了，手里拿着一个透明的盒子，里面是刚刚洗过的红红的圣女果。她回到座位后，就悄没声息地吃起来，男人伸手抓了一个，复又砸回盒子里，问：她结婚了？

我想起张梅前些日子张罗给孩子"抓周"：小孩都一岁了。

男人用他一贯的口气：新鲜啊，四十岁了还能生出孩子来？

我没吱声，男人忽然说：老头儿多大岁数？

我没听明白：什么老头？

问完我就明白了，我想告诉他张梅的丈夫三十五岁，年轻而潇洒。话到嘴边我又咽了回去，我大抵知道是怎么回事了。

我偏了一下头，看见瘦削的女人两只手悬着朝向纸抽，十指尖滴答着血一样的果汁。她颤抖着，嘴唇乌紫，像服了砒霜，自言自语：那是他前妻。

　　男人愤怒地咆哮起来：你不说话人家会把你当哑巴卖了吗?！

　　……

　　开学之后，我把这段旅行的经历原原本本讲给学校工会主席，那是个杨排风一样的麻辣女人，她大声大气地说：没错，那个混账男人倒也没说假话，张梅跟他过日子时就是那个样子。但是，现在不同了，大不同了。哈哈！

修　行

　　时间是个榨汁机，把人榨干。老张太太干、瘦、黑，炭块似的。她老得没了牙，老张头可是满口白牙，他专拣她的疼处扎。秋白菜刚下来，绿莹莹的大叶子，一个一个小蒲扇似的。儿媳妇蒸好了二米饭、土豆，端上大酱、葱段、香菜段，最后上一摞让人看了就眉开眼笑的白菜叶子。老张太太没有动筷子，只是看。老张头就在老太太的眼皮底下拿过来一片叶子，在饭桌上铺展开，从酱碗中剜出一筷子大酱抹在白菜叶上，然后依次放上米饭、土豆块、葱段、香菜段，垒成一个小柴火垛的样子。一切妥当，这才停住手，抬起头，朝老张太太"哼"了一声："你看着啊。"再次上手，把白菜叶边儿拾起，向中心方向聚拢，最后双手合住、捧起。白菜碧绿的叶子把饭菜包裹得严严实实、鼓鼓囊囊，手里捧着个小肥猪似的。小肥猪被老张头送到了嘴边，他张大嘴巴，带着响的"吭哧"一口咬下去，诱人的酱香葱香菜香一股脑地弥散开来。老张太太举起抓在手中的小手巾，擦了擦嘴角，一扭身下地了。不一会儿，叮叮当当，菜刀剁菜墩儿的声音。老张头闭上嘴斜着眼听了一会儿，也下了地，手里的菜包子没舍得放下，他直奔厨房。老张太太正在剁葱和香菜，干瘦的小臂在挥舞，刀下的葱、香菜越来越细碎，就要变成菜末儿了。老张头凑到她跟前，又"哼"了一声："你看着啊。"他先龇牙亮了一下一口齐整的牙齿，然后向着手里的菜包子"吭哧"一口,"真香啊。"一双鼠眼小豆子一样在深陷的眼眶中来回轱辘个不停。老张太太突然泄了气,把刀用力劈进菜墩儿,转身出去了。

老张太太去了菜园子。饭是吃不下去了,老糊涂给搅黄了。老糊涂年轻时可是个能干的精明人,要不人家怎么说他是赚钱的耙子,她是攒钱的匣子呢!可是这个耙子是散了架子了,老糊涂了,变得又疯又傻。

"老死婆子,你躲园子里思野汉子呐!"老张头猫着腰,手操菜刀追过来。老张太太远远地看着他。老糊涂上半身已经抽巴得没多少了,又硬僵僵地向前探出挺远,两条罗圈腿显得更细更长了,像一只不会飞的大鸟,一路扑棱棱打着趔趄。老张太太不躲不藏,她等着他,等他喉喽气喘地扑上来,伸手破了他的劲儿,夺下菜刀。她转身又走了。回屋牵上俩孙子出了大门,一路向西去,奔西大道。儿子赶着自家的大马车出去拉脚已经十天了,是个熟人活儿,算计今天头晌能到家,傍晚了也没回。自从"九一八"事变,麻烦事总是不及人所料。老太太要迎一迎儿子。

老陶赖昭有两个庙,一东一西,屯子东头老爷庙,住着和尚,屯子西头娘娘庙,住着尼姑。庙会就设在两庙之间。赶庙会时,屯子人都带着孩子去庙里烧香。今天是平常日子,很肃静,又是傍晚时分,更是没有人迹。

夕阳投下一大片显眼的金光,屋宇把黑色的影子放得大大的画在地上。娘仨沿着娘娘庙的西大墙走,老张太太的身影、孙子的身影也大得离谱,长长地拖在地上。两个小孩迷住了,闭上嘴,屏住气息,小心翼翼地前后左右腾挪,追踪自己变化多端的影子。突然他们站住了,地上出现了新的影子,不是自己的,也不是奶奶的。是两个人影,一高一低,都是圆圆的头,没有头发也没有辫子,剪纸人儿似的分不出上衣下衣的直筒大袍子。它们从大墙的另一侧投过来,转折的墙角遮住了老张太太和她的孙子。所以影子的主人并不知道这个时辰,屯子边儿的庙外还会有人。影子静静地相对着,或者相望着,另一侧的娘仨也静静地,他们盯着地上的影子,呆了。那样圆的脑袋,那样长的袍子,那样一个魁梧的身子板和一个娇小的溜肩膀，都是他们日常熟悉的，分明一个和尚一个尼姑嘛！两个小孩"唉唉唉"惊叫起来，因为地上的影子突然向一起靠近，两个圆圆的光头瞬间贴在一起，又在孩子的惊叫声中"倏"地分开，消失了。大孙子茫然地指着刚刚还在、现在什么都没有了的光板儿土地："和尚和姑子亲嘴啦。"老张太太的手"啪"地打在大孙子的后脑勺上，猛牵了他们的手，继续向西大道走去。站在大道边望啊望，没有车形人影。老张太太叹口气把孙子拉在身边，说：

"刚才见到的，别和别人说。"

"为什么不说呢，奶奶？"

"出家的这些人啊，有的并不是自己乐意的。"

"不乐意为什么要出家呢？"

"终归是有缘故的，一时由不得自己啦。"奶奶用力握了握掌心里孙子的手，又向大道尽头望过去。

索 马

半夜，胡子进屯子了。举着两三只火把，放了四五枪，掠走一匹马。老鄂头的马，很带劲儿的大青马。那时候，老鄂头听见院门响，伏在窗台上往外看，见几个黑影儿熟门熟路地进了院子，从草棚子里拉出马。老鄂头知道被人算计了。

早晨，老鄂头一出门，几个邻居抱着膀子堵在门口，看见他穿着外出的衣服，膝盖下面绑着防湿的桦树皮裹腿，问他干啥去？老鄂头说："干啥去？你们不是知道我的马被胡子弄走了么？要我的马去。"邻居就急了："你要财不要命了？"老鄂头说："抢我的马，可不就是要我命嘛！"老鄂头倔倔地往山上走，跑腿子大烟枪从玉米地里冒出来，跟在他屁股后面说："大叔，我告诉你，你可别说出去。你让张大白眼一家祸害了，他们欺负你是个刚搬来的外来户，没儿子，没根底。"老鄂头停下脚步，看着大烟枪。大烟枪说："老张婆子的男人叫张大白眼，上山当胡子好几年了。屯子里谁家新添了什么物件、赚了点钱，都逃不过老张婆子的眼睛。张大白眼隔三差五就偷摸回来一次，你要不给老张婆子点好处，张大白眼得了信儿就带胡子下山砸了你。"老鄂头点点头算是回答，继续往山上走，大烟枪朝他的背影大声说："大叔，你真不要命了么？他们只吃不吐，你敢要啊，非搭上老命不可。"

擦黑，老鄂头牵着他的大青马回屯。人们着实吓了一跳，围上来问话，老鄂头拍拍大青马说，多亏了张大白眼说情，还给我垫了二十块钱，这不是赎回来了嘛。

第二天，老张婆子趿拉着鞋进屋就要老鄂头拿二十块钱。老鄂头说，缓几日吧，现在手里一分钱也没有，等收了庄稼有现钱时。老张婆子本想不依，不过看老鄂头一张冷落的脸，并不怕她的样子，她还真没遇到过，竟不知道怎么办好，讪讪地回家想辄去了。

第三天老张婆子卷土重来，老远就指着老鄂头叫号："老鄂头你这人不懂规矩呀，想赖账吗？我看你是嫌恶命太长了！"老鄂头还是那副寡淡的模样，问她："张大白眼啥时候回来？"老张婆子一听，翻着白眼说："你问这个干啥？想报官呀！说不定明儿就回来啦，你有种就去报官吧，现在就去！"老鄂头说："那倒不会，我是说等张大白眼回来，我把钱还给他吧，毕竟我是从他手里借的钱。"老张婆子不干，跳起脚来闹，左邻右舍出来调停，作好作歹约定后天交割。

老鄂头一直等着张大白眼现身，好像张大白眼一回家，事情就立马好办了，可是不知道为什么，张大白眼这些日子死活不回来。那一天一到，老张婆子呼呼啦啦又来要账。老鄂头这次没客气，他四顾一下，见没有旁人，就指着她的鼻子，咬牙切齿地低声说："你还当真了？你问问张大白眼，他有那本事给我垫钱么？明告诉你，我的马和张大白眼没关系，我自己要回来的。你马上给我滚！"说实在的，老张婆子头一次遇到这种人，她本来不是善茬，打算先作他个三天三夜，再让大白眼带胡子来要他的命。拉开架势开口大骂时，突然看见老鄂头的目光两把刀子般地向她头上劈来，她倏地起了一身鸡皮疙瘩，拔腿就跑，心里憋了一句话：你自己要回来的？他们咋那么稀罕你呢？你等着，有你好果子吃！

又过了几天，张大白眼终于回家了。老张婆子赶紧把话学给他，张大白眼拍了大腿说："老鄂头说的对，的确和咱没关系。你知道么？他也是个绺子！在哪儿干的咱可不知道。这老东西一见大当家的面，抱拳在胸，说了句：马架子遇大风，钻出一条小白龙。就这一嗓子，大当家一头栽下交椅，要让给老鄂头坐。不过，老鄂头倒是没坐，还是站在地当腰，直截了当地要他的马。大当家说，大哥，这座山头都是你的，别说一匹马了。老鄂头说，他已经金盆洗手，不干了。领着孩子老婆到这个两眼一抹黑的地方，就是为了重新做人。他别的不要，只要他的马。大当家就把马还给他，还给他一嘟噜袁大头。老鄂头真犟，楞没要钱，牵了他的马走人。"
老张婆子有点听傻了，问男人，老鄂头叨咕的那套磕是啥意思？张大白眼说："我哪知道是啥意思？我要是知道了，也能当大当家的了。妈个巴子，我是有气，老东西说他重新做人了，好像我们都不是人似的。"

两口子一时无话，然后上炕、钻被窝、吹灯。好久，老张婆子叹了口气，说，可不不是人呗，是鬼！

手艺人

佟六十的名字是老法子，他出生那年正好他爷爷六十岁。爷爷说，学个手艺吧，一辈子饿不着。佟六十就成了个皮匠。

三十岁之后佟六十有了自己的皮匠铺。

猎户老黑拿了个整张狗皮裹挟着一股子雪粒子进了佟皮匠铺子，是他自己的猎狗，不小心被别的猎人误杀了。一张狗皮铺在台面上，像只毛茸茸的大黄狗四腿分劈趴在那儿。佟六十叫了声好，伸出手呛毛拂了一遍，风吹六月麦地一样，"刷"地仰倒又回折，掩藏在长毛下面的米黄色绒毛密实又干净地在两个人眼下展示了一回；佟六十再顺毛捋了一遍，褐色的大毛尖油亮亮地更服帖。佟六十抬眼看了看老黑缺皮少毛的破旧狗皮帽子，说，瞧好吧！拿过软尺量了老黑的尺寸，老黑没有二话，转身走人。过个十天八天的，老黑去皮铺子，一个宣腾腾的新帽子等着他呢。乐呵地戴头上，放下两个长长的帽耳朵，在下巴底下系好扣子，又厚又软的毛严丝合缝地护着他的脸，恰恰露出两只眼睛来，真叫一个奇巧啊！老黑大喊大叫地表示合心合意，付了钱就走，佟六十叫住他，扔过来一捆皮条子束着的边角料。老黑说不要了，给你絮窝吧。佟六十说，拉倒吧你，穷了吧唧的，难不成我还赚你点料么？都拿着，让老婆缝个护膝护腰啥的，我都给你掂对好了，缝几针就妥。剩下啥也不能干的，你把狗毛退巴退巴，熬汤喝吧，哈哈哈——这后一句是逗闷子的。

老黑也就不推脱了。

老黑前脚刚走，后脚财主田二爷胳肢窝夹着紫貂皮就进来了。田二爷进屋不开口，紫貂皮也不放下，照夹不误，四处撒眸好一会儿才趋近佟皮匠的大板台，突然曲了那只空悬着的胳膊，"刷刷"棉袍袖子来回擦了两下，才把貂皮画轴一样展开在台子上。田二爷也是来做皮帽子的，只是这皮不是那皮呀！佟皮匠并不碰那紫貂皮，也没多看一眼，后退半步动手先高绾了衣袖，利落地露出修长的双手，再"啪啪"带着响地抟了抟袖口，甩了甩灵活的腕子，这才上前拿了软尺给田二爷量尺寸。也不等田二爷费心思，当着他的面画线剪裁。只见佟六十一手执木尺，一手拿裁刀，木尺齐着画在貂皮上的灰线边儿，刀可就下来了。佟六十虽然好手艺，但毕竟摆弄的是紫貂皮，价格昂贵，下手分外有斟酌，一刀下来，必再补上一刀，力求每一刀都完美无缺。用于修正的补刀总是切下又细又窄的废皮条子，佟皮匠顺手捡起来放到口中，用舌头咂巴咂巴，再用唾沫团巴团巴，"噗"的吐掉，地上就出现一小粒耗子屎样的东西。真是个坏毛病，佟皮匠一刀一刀地切，一口一口地吐，弄一地密麻麻的耗子屎。田二爷是个干净人，看得直恶心，那也一直坚持着没有扭转头，不错眼珠地看着佟皮匠的双手。直到佟六十裁剪完，田二爷起身翻检一遍，心里默记块数及形状和大小。此时，台面上除了那一堆成料，还真不剩啥了。田二爷背剪了手，迈着方步稳稳地离开了铺子。过了数天，田二爷再次登门，这时候佟皮匠已然做好了帽子，只等上帽衬了。田二爷拿过帽子翻过去按着皮块之间缝合的茬口暗暗在心中比对，块数形状大小都不差什么。田二爷点了头，佟六十这才上了帽衬里子，三下五除二的事儿，齐活儿！田二爷心满意足地拿着新帽子走了。

正月十五大白天，来了个秧歌队，村人都出来看热闹。田二爷遇上了佟皮匠，他一眼就看到了佟皮匠头上崭新的紫貂皮帽子。怎么这么眼熟呢？和自己头上戴着的新帽子仿佛是一个貂的呀！两人互相拱了拱手就分开了，佟皮匠专心去看大秧歌儿，田二爷却心思乱乱地无法安稳，盯着佟六十的背影寻思：怪了，没错眼珠儿啊，咋回事呢？

头发长了，是要剪的

    这个心事是悄然生长的，起初力道根本没有注意，悟到的那一刻，力道自己都惊出一身热汗来。那天，他蹲在洗手间背对着门，穿着全棉黑 T恤、椰林沙滩裤，他撅着屁股，疯狂刷地。如意开了房门进得屋来，洗手间的水淌成激流，发出的哗哗噪音掩盖了如意的关门声，力道的后背也没长眼睛，他仍然撅着屁股专心刷地，如意轻轻走到力道的背后，想吓他，她举起手飞向他的屁股，就在最后一刻，她突然发现不是阿冕，此时力道的潜意识也一定有所体察，一瞬间就转过身来。如意叫了一声，大笑起来，颤颤地弯下腰，无力地垂下手：好险！你们两个为什么买一样的衣服呢？我还以为是阿冕呢，手差一点就打下来了啊。

    你真的打下来多好啊！力道脱口而出，出口之迅疾跑在了他意识的前面，脸上即刻跟进他的渴望和迷茫，两眼呆呆地、赤诚而热烈地望着如意。

    如意愣了一下，脸刷的红了，讪讪地走开。

    他们是合租，如意和阿冕是一对同居恋人，力道和阿冕是最好的哥们儿。

    洗手间的水龙头还在哗哗地流淌，力道看到镜子里自己的一张陌生了的脸，他木然伸出手去，水就马上停了。可是风从南北窗灌进来奔出去，一团一团，没完没了。山雨欲来风满楼哦！那就是说风不安生了，动起来了，雨就必来！

从此，他们，如意和力道在狭小的空间里相遇时，四肢僵硬，面部麻木，心动过速。两人之间没有镜子，却分明在对方的脸上看到了自己的内心世界。

这是一个很尴尬的状况，力道觉得不能回到从前的关系里了，而目前的关系又的确无法让双方安顿，至少他不能。在力道看来这是前进半步生，后退半步死的绝境，无论如何已经不能回避。于是某一天，力道咬咬牙，偷偷地把一只藏银手镯放进如意挂在客厅壁柜里的风衣兜里，又在如意上班的路上给她传了信息：爱我，在左，否则，在右。

这一天，力道几乎想去医院了，他的心脏狂暴地企图挣脱心肌的束缚，并冲破宽阔坚硬的肋骨。如意很晚才回来，坐在客厅看电视的力道紧盯着她挂衣服的动作，那只银手镯在右腕上放出遥远高原的神秘之光。

力道莫名其妙地松了一口气，也许气息松弛过度，顿感虚弱萎靡。他病了一周，也想了一周。挫折变成羞愧。他觉得他从未责备自己的确是太放任自己的行为了，他不够爷们，不是汉子。阿冕是他的哥们，可当力道陷入迷乱之时，却并未设身处地为阿冕着想，自己病了，不能起床的时候，却是阿冕料理他的生活。

当力道摇晃着身体走出自己房间的时候，如意仍然在南方出差，力道觉得这是个好征兆，他可以借此时间把自己残存的一丝孟浪与不安彻底压服下去。

日子就这样滑过去。忙碌或者悠闲，紧张的压迫或者一个小成功的快乐。这一切充实着力道的生活，让他回到往昔的轨道上来，尴尬也被年轻的情怀释放掉了。

中秋节到了。阿冕、如意、力道三人吃了一顿异乡饭，就移到阳台上去喝茶赏月。月光轻柔地、涟漪般地铺展下来，宛如薄如蝉翼的轻纱。在持续的、一层一层慷慨铺展的过程中，三个人沉醉在彼此的目光中。阿冕为自己美满的爱情和赤诚的友情吟唱着一只古老而迷人的歌谣，如意坐在一只摇椅上轻轻摇着那歌子的旋律，力道站起来，走到边上去，靠在阳台的栏杆上，他是故意制造一点距离，让那一对恋人变成一幅静谧幽雅的油画。力道的目的达到了，他眼里满溢着陈逸飞油画里蕴藉着的悠远宁静的美！当力道把目光引申到欣赏细节上的时候，他的耳朵轰鸣了：如意的左腕上神秘的藏银手镯发出芒刺一样幽蓝的光。

　　第二天早上，阿冕起来发现力道的屋门大开，屋内空空如也。随后在共用的客厅茶几上发现一把房门钥匙和一张打印纸。打印纸用记号笔写了黑粗的几个字：头发长了，是要剪的。

风倒木

　　小瞎子坐在风倒木上，发呆。倒木下是溪流，这棵树被风吹倒的时候，心甘情愿地躺在溪流上，变成一座独木桥。小瞎子听姐姐说，独木桥是山神送给咱们的礼物，要不，打猎、采蘑菇，我们怎么进山呢？姐姐是这么说的，她没有说还可以坐在桥上哭泣。姐姐常常一个人偷偷坐在桥上哭。

　　小瞎子把手里的玉米饽饽掰成玉米粒大小的块儿，摆在风倒木上。他的一双瘪瘪的眼睛躲在薄薄的眼皮后面，受到惊吓的小兔子似的颤动。他偏着头，脸木僵僵的，微张着嘴，下嘴唇紧绷着下牙，上嘴唇似乎被什么硬器撬起，倔倔地翻挺，白而齐的上牙露在外面。除了眼睛之外，他把脑袋上所有的机灵都抽出来集聚在一起，送到耳朵上。

　　他在听。

　　黄昏退去了，即便是盛夏，夜晚的大森林里仍然冰冷，山林幽森黑暗。阳光下的骄子们屏息隐遁成无影无踪的秘密，夜游的生命挑起无边而沉重的黑色寂寥，人们啊因此躲在小屋里不敢出来。

　　可是，小瞎子敢，他怕什么呢？黑暗又有什么可怕的呢？他打一生下来眼前就是黑的，小瞎子最不怕的就是黑。

　　飞鼠子开始向风倒木俯冲，它们有穿透黑夜的大眼睛。落在风倒木上

少年梦·青春梦·中国梦——中国故事
[安石榴] 完全爱

吃玉米饽饽，窸窸窣窣的声音和小溪流一样动听，和一棵草、一滴露珠弄出的动静一样可爱。

小瞎子挪了一下屁股，玉米饽饽又摆了一溜。又有几只小飞鼠在小瞎子的面前滑翔而过，带来柔软的细风。小瞎子笑了，想，如果自己的头上长了树枝树叶子，那么这会儿必是悠荡起来了。

姐姐悄悄摸来，拉了小瞎子的手往家去。两个人走出了林地，转过山脚，邻人的苞米地黄豆地在月光下静默地沉睡。姐姐的呼吸平缓了，拉着小瞎子的手温热了起来：弟，你不怕吗？飞鼠子都是死孩子的魂儿呢。她悄悄地说，生怕惊扰了什么。小瞎子笑了，脑子里掠过柔软的细风：飞鼠子有什么可怕？一阵风罢了。

姐姐捏了捏小瞎子的手，不知道是责备还是赞许。两个人听着自己的呼吸声和脚步声，半天没言语。大山的后面，月亮底下，传来震颤夜空的长啸，不知道是几只狼。每一次长啸后面都有一段意味深长的停歇，像是某种试探和思谋。姐姐矮了身子贴近他：狼，怕不？小瞎子几乎笑出了声：狼有什么可怕？声音罢了。他使劲握了握自己的手，没想到姐姐"哎呀"了一声，抽出自己的手来，甩了甩，重新牵住小瞎子，叹着气：我知道你想什么呢，你不要做傻事。那冤家的确不是人，可是，再忍熬几年吧，等他上了些岁数，说不定就好了。

谁他妈不是人啦！你这娘们竟然敢合计谋害亲夫！一个高壮的黑影从一棵矮墩墩的山柳树后跳出来，直接扑向了姐姐。小瞎子耳朵里全是熟悉的声音，哭声，骂声，拳头砸、脚踹的劲力似乎只有奔扑死亡的一条路了。小瞎子总是不明白，每一次都不明白，他为什么一定要打死姐姐？他为什么一定要打死我？可是，小瞎子知道自己再也不要知道这个问题了，那个高大的男人抓住了小瞎子的脖领子，他的脑袋、身子于是像狂风中的树枝一样乱颤。小瞎子把手探向腰间，拔出尖刀，"啊"一声惨叫划破了星空，更结束了黑夜。

小瞎子带上锁子上了路，耳朵里满满嘈杂慌乱的声音，他知道是邻人的和乡亲们的。他又那样偏着头仔细听。那些叹息、叫骂、猜测没有一丝遮掩。人们总是那样，他是个瞎子，可是，他们总不经意地又当他是个聋子：完了，小瞎子一定被砍了头了。这次小瞎子笑出了声，他正了正头，大声说：砍了头有什么可怕? 脖子冰凉罢了! 像是一声炸雷，炸开了之后便是一片瘆人的沉寂，人们都被小瞎子的话惊呆了，蒙在一种似醒非醒的境遇里不能自拔。

这时候，一个女人嘹亮的哭声从林子里传来：哎呀，风倒木断了，我的羊儿掉到水里了，我的羊儿被断木砸死了! 我的羊儿啊……疼煞我啦……

小瞎子站住了，女人的声音缭绕在他的耳边久久不去，不知道为什么，他心里暖暖的，静静地想，我断了头，姐姐也会这样心疼的。于是，小瞎子浑身一热，两股热泪就从他瘪瘪的眼睛里流了出来，小溪流一样不断了。

这是小瞎子平生第一次，也是最后一次流泪。

吉之刀

谷子和糜子是堂兄弟，搭伙进山发财。

想要发山里财的人，无非四个路子：沙金子，追棒槌，打茸角，割大烟。这的确是来钱的买卖，弄好了一朝暴富。而实际上却是个万难的事情。不要说不容易得，再说，就是得了，也万难带出山来。发财梦十个九成空。

先说鹿茸角，俗话说鹿"脑袋顶着金钱桌子，屁股蛋子是肉案子"浑身是宝。打茸角在春季，万物复苏。鹿本来不是个牙爪的东西，可是保不齐你盯住鹿的时候，老虎、黑瞎子却早盯上你了。所谓螳螂扑蝉黄雀在后啊。追棒槌的人多了去了，你看过几个真的挖到了稀世宝参。在深山老林里偷种大烟，躲开了官家，可是树敌更多。野猪来糟蹋，胡子来掠夺，还有个莫测的年头作怪，弄不好血本全亏。那么沙金子呢？不得，风餐露宿毁了身体；得了，同伙眼红心热，祸起萧墙，互相残杀，金子最终还是丢在大山里了。

谷子和糜子是堂兄弟。两个人十进十出大兴安岭，十年时间两手空空。这是他们第十一次进山。照例他们在山脚下的小庙拜了山神，发了誓言：有难同当，有福同享。两个人进山走了七七四十九天，苍天眷顾，这一次终于得了。他们追到一个人参娃娃。两个人因为梦想成真而喜出望外，赶紧星夜兼程往山外奔。又走了六七四十二天，刚好翻过一座山的阳坡。有几块岩石裸露出来，暖暖的太阳烘得石面滚烫，二人美美地蜷在上面睡着了。谷子一身燥热地醒来时，发现自己被五花大绑地捆在岩石上。糜子说，谷子哥，是兄弟对你不起了，你有啥话就说吧。谷子哭了。谷子说没什么可说的，说也没用，你给哥弄点水吧，我不想当渴死鬼。糜子就去给他找水。糜子去了，谷子就哭得更惨了，哭了一阵子，谷子想哭也没用，想辙吧，闭上眼睛假寐。糜子回来了，看到谷子睡了，就摇醒他，纳闷：你怎么还能睡着呢？谷子说，是这样，刚才我哭呢，突然一股青烟，地里冒出个一尺高的小老头来。他说你哭啥？我说我弟弟要杀了我。他说杀就杀呗。我说为什么？他说，上辈子是你杀了你这个糜子弟弟，这辈子当然轮到他杀你了。你也别委屈，下辈子又轮到你杀他了。我说，我没杀糜子弟。小老头嘿嘿笑了说，你不承认也没用，我有证据。你看到那个鹰嘴状的岩石了没有？它底下有个空隙，那里藏着你上辈子杀糜子用的刀呢！那里风干，刀还没烂完呢。我说你拿来我看，小老头说我才没那闲工夫呢。一冒烟，小老头又钻回地里了。听到这儿，糜子已经一脸的迷惑与恐惧。糜子奔到鹰嘴石下，不一会儿拿回一把烂掉了木柄生满了锈迹的刀。糜子一脸汗水问谷子：你啥意思？谷子说，要杀就杀吧，反正下辈子我再杀你。糜子扑通跪下了，求天求地又求谷子饶恕。两个人最后七天相扶相持走出了大山，卖了人参娃娃，各自娶妻生子，成了殷实的大户人家。

好多年之后，谷子在被窝里搂着小老婆讲了这个故事，小老婆说，真有小老头？谷子哈哈大笑，瞎掰！那刀是我有一次进山带的刀中的一把，木把劈了，那刀刀身长，没有木把没法用。当时正好走到那儿，就顺手插岩缝里了。后来有几次进山出山没走这条路，走这条路时又忘了这个事儿，刀就一直没取。恰恰的老天助我，最后一次全用上了。谷子停了一会儿又说，按说呢，每次进山出山都是和糜子在一起，他知道这件事，可是彼时必是贪心蒙了明眼了，他竟然没有想起这个事儿。

小老婆在谷子的怀里半天没吱声，后来就贴紧了谷子，抬眼望着他，流露出敬畏的神情，娇声说，老爷真是仁义，糜子这样对你，你现在对他也没一个不好。

谷子沉默着，像是没听见小老婆说什么。

其实，谷子什么都听见了，只是心里想：在岩石上，我是睡得太实了。如果我先醒来，被五花大绑的人就是糜子了。

等你老时

我是在单位发病的，突然中风。送医院的整个过程我都是清醒的，只是四肢无力，口眼歪斜，不能表达。这样在重症监护室一个星期，病情有了明显的好转，我被移了出来，本打算入住高间儿，怎奈这年头有钱有势的人如同煤球一样成筐装的，愣是没有闲置的房间，只好住两人一间的亚高间儿——我给起的名字，呵呵。

同屋另一位病人是七八十岁的老伯，他目前的状况比我还好，走动自如，说话清楚，只是每天打两组点滴。我估计他的问题在内部，一问，果然如此。

老伯是那种无忧无虑、健谈开朗的面相，但令我关注的是他精神的潜在状况。

在我住进来的一个星期中，除了朝夕相伴的老伴儿，没有第二个人来看望他。

他那一方冷冷清清，更显得我这一方闹市一样热络。我的床头柜上窗台上摆满了鲜花，床下更是琳琅满目，水果、牛奶、矿泉水、方便面、饮料应有尽有，几近一个小超市，更有人早早预备了一箱啤酒几条好烟，虽然我不能享用，看着我的下属们朋友们围在我的床头吃吃喝喝有另一种安慰。来看我的人几乎有川流不息之势。有时候几拨朋友先后到，老伯家的阿姨也不厌烦，还主动让出他们的椅子让我的客人坐，她自己则坐到老伴儿的床沿上。

我的妻子在银行工作，那种有板有眼的业务性质决定了她不能请更多的假陪伴我。病情稳定之后，妻子就去上班，只在晚上到医院来。我的下属和朋友就轮流在医院陪我。我偏是个冷清不得的人，避开了妻子的眼睛，我便大大方方地把女朋友叫来陪我。我还不止一个女朋友，在我调度过程中往往发生意想不到的"撞车"事件，两个人在我的床头遭遇了，于是交恶，有时一个把另一个骂走，有时两个人同时愤而离去。折腾成这个样子的时候，我往往向对面床望去，很有些不好意思。但两位老人并不刻意避开我的目光，他们和缓从容地参观着我的热闹。那种开明老人的宽容和大度、经历太多世事的沉静态度，一下子让我生出非常的好感来。

与我猜测的一样，两位老人的确是温和而爽朗的人。

"你们这么大年纪了，需要儿女的照应，儿女呢？"谈话从此处开始。

老伯笑呵呵地说："一儿，一女，一个定居法国，一个扎根美国，都是好孩子，但是鞭长莫及呀。"

"朋友呢？难道没有朋友吗？"

老伯望着老伴儿，两人一起大笑了："我们都八十开外了，这个年纪的人假如还有朋友的话，也都是拄着拐杖的三脚老猫了！"

我恍然大悟的一刹那，人生繁华之态如烟花般纷纷破碎、坠落的飘零感骤然涌入心田，恐惧第一次突破热闹的虚假包装，大面积围攻我。

老伯看着我的窘态理解似的淡然一笑，把老伴儿的手拉过来握在自己的手中，慢慢地说：

"年轻人，记住我的话。等你老了的时候，不要多，只要有一个人时刻陪伴在你身边，那你就是这个世界上最幸福的人！"

我倒在床上，久久地陷入沉思。

第二天，老伯出院了。我把老伯和阿姨送到病房门口，回来时无意发现老伯床上的患者卡片还在，姓名一栏赫然写着：巴四方。

我猛然想起难怪看他面善。巴四方，萧城佳宁公司前老总。他执舵的时候，全国平均每户都有一台佳宁公司生产的彩色电视机，人称"霸四方"，曾经是萧城无人不晓的英雄！

食指的秘密

收破烂儿的老耿头被人杀了，在他的出租屋里。老耿头侧卧在地，一条胳膊压在身下，一条胳膊向头的上方伸出去，手的姿势不是自然状态，食指挺直，另外四指微攒，像是指引着什么。

他指引什么呢？这个问号在年轻的侦查员罗强的脑海里漂浮，总也沉不下去。这是案发两个月之后的事情，案子已经告破，很常见的内讧与火并。按理说一切都结束了，而且罗强手上又有了新的案子。可是一有空闲，罗强总是莫名其妙地拿出那张现场照片，在手里翻来倒去地琢磨。老耿头最后的姿势固定在相纸上了，侧卧，右臂伸出头顶，食指挺直，四指微攒，他指的什么呢？

罗强并不认为这是个无意义的符号，尽管他现在找不到答案。

死了的老耿头面部很平静，邻居看了都说这个样子不比他活着的时候寒碜，这是宽容的说法。回到自己家，邻居都说，老耿头活着的时候倒像个死尸，死了总算有了人样子。罗强知道这说明老耿头平时给人的印象不好。

老耿头外号老艮头，谁都说他艮。邻邻居居住着，孩子淘弄点破铜烂铁卖给他，他总是丁是丁卯是卯，不给一点便宜。小孩子有时贪心又淘气，把卖给他的又偷回来，老耿头发现了就像疯牛一样恨不得追出去十里地。追不到也就算了，追到了往死里打。如果家长知道了带孩子来找老耿头，他就跟人家拼命。邻居拿他没有办法，干脆谁也不理他。

老耿头实在不是一个讨人喜欢的小老头儿，罗强心想，老耿头即使不讨人喜欢，他的灵魂也有权得到安宁。可是，身份无法确定，他就不能入土为安。

谁也不知道老耿头来自何方，但断定他既不是小镇上的人，也不是本省人。他的只言片语没有一点当地口音，也不见有亲戚朋友来往。他到底是一个在外为妻子儿女挣钱的一家之主呢，还是根本就是一个人吃饱了全家不饿的光棍儿？没人知道，老耿头不仅脾气怪，还不爱说话。

那么，他的食指到底指的是什么呢？

罗强曾经非常仔细地搜寻过，在老耿头那个仄逼的小屋里，除了成堆的破烂，只有一个破旧低矮的学生课桌。老耿头手指的方向正是这个课桌，可是，检查过无数次了，桌子上只有两个蓝边粗碗，一双筷子，一个破烂不堪的电饭锅，和一个同样破烂的电炒勺，外加一个咸盐罐子。它们和老耿头的食指一样无语。

时令进入四月，清明到了，纷纷扬扬的小雨催生着逼人的寒气。罗强骑自行车回家，偶然遇到老耿头的房东。房东骑着自行车本是迎面而来，突然调转了头和罗强并在一起，罗强以为他又有什么情况要说明，就歪着头看房东，房东却絮絮地抱怨起来："老耿头可害死我了，我的房子成了凶宅没人敢租！"罗强没有接房东的话茬儿，说："走，去你的出租屋看看。"

屋子还是以前的样子，破乱不堪，又因为绝了人气儿，更显森森之气。地上仍有模糊的血迹和几片劣质羽绒，那是老耿头遇害时身穿羽绒服刀口处散落下来的。房东猴一样蹲在炕沿儿上闷头吸烟，罗强久久地盯着老耿头食指所指的那张学生课桌，突然，他的心脏猛地跳了一下，灵感毫无征兆地降临，罗强屏住呼吸一样样地把上面的东西拿开，他把课桌抬了起来，然后轻轻翻了过去：粗糙的桌底，塑料胶带牢牢地粘着一个小小的牛皮纸信封！罗强取了下来，里面一张身份证，一个五万元的存折，一个用一段手纸包着的金戒指，手纸上有几个歪歪扭扭的黑字：六月初八，生日快乐。

接下来的事情就很简单了，公安局依据老耿头的身份证找到了他的家人。他的妻子捧着老耿头的骨灰盒痛哭不已："人都没了，我戴戒指给谁看呢？"

罗强送走了老耿头的家人，才觉得这个案子是真的结了。不过，不知道为什么，罗强时不时地想起这个案子，想起老耿头的食指，他会长长地叹口气，觉得老耿头虽然古怪，但绝对是条汉子，他的食指承载了他最后的气力，为自己指引了一条回家的路。

少年梦·青春梦·中国梦——中国故事
［安石榴］完全爱

照片会骗人

　　元旦休假，警察王澄宇领爱侄去滑雪场滑雪。叔侄俩刚站到雪上，五十米高处的雪道上，从玩家中冲出一个红衣男人，失控了，劲头足足地向王澄宇所处位置飞来，一路众人纷纷避让和尖叫。王澄宇准备轻轻拨他一下，令其改变方向，减掉速度，再顺势给他反方向的劲儿，让他平安停住。可是王澄宇看到那人大张着 O 型嘴的脸时，突然改变了初衷，迅速抓住那人的双臂，手腕一用力，那人就陀螺一样转了一圈，一个腚墩儿坐在地上，王澄宇在腰间做了个动作，那人就反剪双手被铐住了。

　　网上通缉犯李晓东落网。

　　这事儿过去一个月吧，王澄宇周日带爱侄去家乐福买玩具，叔侄俩乘上行阶梯式电梯，旁边下行电梯一对青年男女窃窃私语，男的突然抬头笑了一下，王澄宇尽收眼中，只见王澄宇双臂支撑扶梯，飞身而过，还没落在下行电梯上呢，已经扑倒了那对男女中的男人。电梯停在底端的时候，那人双手被铐。

　　网上通缉犯王兴落网。

　　派出所为此专门开了一场分析会。所长和指导员齐齐到位，宣布给王澄宇请功之后，分析会开始。指导员说，这事儿很神，很给劲儿，很提气儿。但是也悬，万一走眼抓错了，咱们形象扫地，而且有可能面临诉讼。

王澄宇你说说吧。

王澄宇说不会错。

指导员说，那你把秘籍说出来，大家议一议。

王澄宇说，我发现个秘密，照片会骗人。说完摆出一个夸张的哭脸。

大家笑了，也都颔首，有同感，通缉犯的照片往往和真人有较大差距。

王澄宇说，是啊，我就想破解它，到底是什么造成的差距呢？我每天照镜子发呆、搞怪，突然有一天大彻大悟。通缉犯的照片只复制了他一个表情，还有可能是他不常表现的表情，而在现实生活中，人总是活生生的，表情变化万端。所以有时候我们说这个人和他的照片很不一样，其实就是你看到他此时和彼时的表情变化太大的缘故。可我们的表情哪来的呢？脸上的肌肉制造的。假如我们把面部无表情时的肌肉状态作为原始位置，那么人在喜怒哀乐时肌肉已经不在原始位置上了。我于是对着镜子观察每个表情下面部各个的肌肉的走向，举个简单的例子，比如人在微笑、大笑甚至冷笑时笑肌都有不同的变化。我仔细揣摩人面部42块肌肉的运动规律和细微变化，等彻底弄明白了，就研究网上通缉犯的照片，利用肌肉原理，想象推断通缉犯各种表情下的样貌。所以当你们看一张通缉犯的照片时，我其实脑海中有一连串的幻灯片子，都是这一个人各种表情中的相貌。我天天看，天天记，达到条件反射，所以只要通缉犯一露面，入了我的法眼，我就能迅速从我的片库中抽出对应的那张图片，耶，一举拿下！

大家给了王澄宇掌声鼓励。掌声中有佩服有顿悟。

但是有个外号叫"爱琢磨"的警察，说你小子看来比我还爱琢磨。但我有一个问题。你怎么想到这一点的？就是说你怎么能琢磨到把一张死照片弄成一连串的幻灯片的。显然这是个思维飞跃，需要一个契机，你受什么刺激了？

王澄宇爽快地说，嗨！还真让人说对了，我受了严重的刺激。人家不是给我介绍个女朋友么？女孩叫令狐燕子，是市实验小学的教师。我想这个名字很可能是唯一，查一查她很容易，我就上网看了她的身份证了，天，吓坏我了，恐龙嘛，赶紧推辞见面了。可是过了不久，一个场合有人指给我看一美女，就是令狐燕子。哎呀，肠子都悔青了，照片会骗人啊，我可是吃过大亏的人，有过大教训的。

大家就又笑了半天。

所长最后总结说，别只笑，大家得像小王学习，这小子行，有种！又举例说，别像"爱琢磨"似的瞎琢磨，大家琢磨点正事，练点真本事。

第二天，所长叫住王澄宇，给他一个电话号码说是老婆的。王澄宇说嫂子的电话号码我不敢要。所长打了他一拳，说你小子想啥呢，你打电话给你嫂子，让他领你见令狐燕子，燕子是她表妹，傻小子，你知道么？

关先生

关先生开板教孩子们"一人两手，两手十指"。等他们会用笔了，又教农字歌儿，一边写一边念。屯子里的人路过私塾，听到一片欢叫："立春阳气转，雨水沿河边。惊蛰乌鸦叫，春分地气干……"

关先生则斜着身子靠在太师椅上摇晃着脑袋，目光微醺。

屯子里有点头脸的很不高兴，跟关先生读过的经史子集也还没有都忘记，就去质问他："关先生怎么改辙了？要是学那些我们自己个儿在家就教了。孩子们跟着你，就算不能学富五车，咋地也得知书懂礼，不辱祖宗吧？"

"我没有从你们兜里掏一个大钱。"关先生一句话就把他们打发了。

关先生不收学费。他孤身一人，吃菜进园子就摘，不管是谁家园子。没粮就上财主家要，也不多拿，一个没有瓢子的枕头，只装大半下，提溜着就走，不说半个谢字。

关先生还是教孩子们庄稼事儿、庄稼字儿。孩子们念累了，就跟他打算盘。一年半载的，孩子的家长乐了，嘿！行，小子竟能当半拉家了。

关先生有一小块地，挺远的犄角旮旯，种大烟。割大烟的时候，孩子们全是他的伙计。把烟浆子收在木盆里，放在当院的大太阳下晒，一点一点变成大烟膏子，满院子飘起一种奇异的香气。孩子们火爆的童音，在关先生尖锐挺拔的嗓门引领下，跟着香气游走。

躲在树阴下的家长大骂："造孽啊造孽！"

关先生沉浸在自己的世界里，没有听到。

以后，跑肚拉稀的、染风寒的孩子只需在关先生那里喝点大烟。

孩子只要不生病，个个都是虎羔子。两个孩子支起黄瓜架，关先生远远的觑着。长着鞋拔子脸的孩子挨了打，额头上鼓起大包，他流着大鼻涕，一边瞅关先生一边哭。

关先生大声说："哭啥哭？找他家去。"

鞋拔子一会儿就回来了："关先生，他爸爸把我赶出来了，不管。"

关先生一指："去，站在他家大门口骂他祖宗！"

半天，鞋拔子乐颠颠地回来了，张开手，擎着几个大钱："关先生，他爸爸给我的，还说一会儿揍他。"

关先生没吱声，坐在那儿装烟袋。烟荷包里哐啷哐啷有动静。里面不光有烟丝，还有大钱。

关先生的大钱是人家赏的。过年的时候，来讨对子的人空手成，扔俩大钱也成。攒了几年，到寒食节那天，关先生掂了掂，又跺跺脚，领孩子们出发了，徒步去八十里外的北陵。

孩子们进了正红门就玩疯了，满眼新鲜物件儿。一个孩子指着琉璃瓦房脊上一顺水的五个蹲兽问关先生是啥？

关先生说："狻猊、斗牛、獬豸、凤、獝狳。"孩子没来得及问干啥用的，就被别的东西勾走了。又有孩子问蹲兽，几次三番之后，关先生看着孩子们绿豆蝇般瞎跑，就是停不下来，终于大发雷霆：

"那五个东西是走投无路、赶尽杀绝、跟腚傍脑、顺风扯旗、坐山观火！"（走投无路、赶尽杀绝、跟腚傍脑、顺风扯旗、坐山观火五个词汇是东北民间对古建筑上五个蹲兽的戏称。）

孩子们吓了一跳，肃静下来，关先生忿忿然："混账东西，我刚才说的都听清楚了？它们都是败家的玩意儿，鸟用没有。妈了个巴子，我领你们来不是看这些败家玩意儿，是拜谒祖宗的。这里埋着谁？我们满洲人的祖宗皇太极！"

孩子们围上来，安安静静坐在关先生身旁，关先生就在一棵松树下讲起努尔哈赤，讲起皇太极、康熙。初春的太阳爽朗地照在关先生和孩子们的身上，有微风从松林中逶迤而过，关先生顿了顿，看看个个面貌肃穆的孩子，他们的天灵盖闪闪发光。关先生舒坦，想：乱世用不着中庸的斯文，乱世只要英雄的气血。

关先生疲惫地闭上嘴，感到丹田之气慢慢地、汩汩地从头上、指尖、汗毛孔溢出，七十三岁的关先生没有慌张，觉得值。

清明的深夜，私塾灯火通明，孩子的家长都聚集在这里。关先生是孩子们搀扶着进来的。气喘吁吁的关先生坐在太师椅上感到了异样，他扭过头去，看到墙上挂着两面旗，一面日本膏药旗，一面满洲国五色旗。有人告诉他明天私塾就改名叫国民义塾了，孩子们必须学日语。关先生挣扎着站起，把旗一个一个扯下来，扔在地上：

"狗屎！"他蹒跚着一步一步往自己的屋里走，突然一仰头，发出一种划破夜空的悲鸣："祖宗啊，祖宗！"所有的人惊在那儿，一动不能动。

太阳照常升起。孩子们来上学，没有听到关先生的吟诵。关先生还躺在被窝里。鞋拔子把手放在关先生的鼻子下面，气息皆无，再一摸，冰凉。

这是满洲国康德五年，清明的第二天。

公历 1938 年 4 月 6 日的早上。

寻找迷失的爱

有些事儿，事过境迁即是无法描述，即使再惨烈的事情，就像没发生过。不信你去布苏江边站站，如果不是眼睁睁地盯着水面上的树叶愈行愈远，就难以判断江水的流动。

很多年前那个夏天的正午，就是这个样子。

被一代代夯实的黄土堤坝，太阳一烤像平展的暖洋洋的炕，四岁的小女孩乖乖地坐在土坝上，她有些拘谨，头上水粉的绫子像两朵大大的莲花，她不是顶不动它们，她不敢随意动，怕花儿落下来，就不美丽了。她的母亲坐在对面，手里抓着一瓶白酒，一口一口地喝，有时也停下来，食指蘸几滴抹在女孩的嘴里。当空瓶子被母亲轻轻推倒，并发出细小清脆的声音时，母女俩的脸都红彤彤的，和布苏江上空的太阳一样。母亲站起来，抓起小女孩一扔，小女孩就像一束鲜艳的花束，向江面飞落而去，紧接着母亲纵身一跳。

小女孩被救上来了，她像一条鱼被人倒提着，她用倒垂着的手去头上摸索美丽的莲花，可是摸不到，小女孩急得睁开眼睛，她看到了那只空玻璃瓶子，里面有一只大大的红蚂蚁，拼命地来回爬来回爬。小女孩从这一刻有了记忆。

小女孩被救回来了，她的妈妈却永远没有回来。

可是，小女孩被救回来了吗？

当她也成了一个四岁小女孩的妈妈，潘多拉的盒子崩塌，那个"魔"终于跳了出来，掌控了她。她认了命，母亲给她遗传了疯狂的血液，她又能有什么法子呢？她不是没挣扎过，但最终她接受了那种指引，甚至渴望尽快了结。

夜深人静的时候她很放松，她是不怕死的，她早就死过一回，她开始深入思考这个问题，既然不能回避，细节就应该考虑周全。唯一的问题是女儿，如果自己死了，女儿怎么办？她为女儿设计了无数选择：女儿祖母是有的，可是不行，如果放在婆婆手里，女儿就永远是个只会劳动的妇女。留给她爸爸？让她忍受后母的折磨？想一想都痛彻心扉。她想，我不能给你一个愉快的一生，但是我可以阻断你未来的痛苦。她看着女儿小巧可爱的背影，倏地泪水流了一脸，这的确是件很难办的事情，可是她觉得，即使自己的肉体化成灰末，灵魂也不能容许她亲生的骨肉在这个世界上遭受各种可能的祸患，绝对不能。

就在这一刻，她惊在了那里！她理解了妈妈当年的惨烈决定，她相信，妈妈一定也经历过这样的不眠之夜。多年的恨立即化作柔软的爱伴随她的泪水流下来：妈妈，你是爱我的，就像我爱我的宝宝！

命中注定的选择。

只是昔日平展板结的土坝，已经被精美的青灰色花岗岩建造得雄伟而坚固，兼有防洪和休闲的双重功能，到处是鲜花和人。

正午的阳光在江面蒸起一层光的雾气时，休闲的人几乎走尽，花树和宽阔的大坝肃静到寂寞，这是个绝好的时机，她把女儿抱起，沿着阶梯准备靠近江水。可是，她被什么东西轻轻巧巧地牵住了，她惊得回过头去，是谁看透了我的秘密？女儿娇嫩的小手紧紧地抓住一支斜出的枝条，她解开它的时候，一个储存在记忆中的声音精准地落在她的耳朵里："孩子，听妈妈的话，跟我来，跟我来！"

她抱着女儿，循着那声音一步一步地走，不知道多久，声音消失了，人也站定了，她看看眼前的门，是自己的家……

二十年之后，二十四岁的女儿美丽如一朵带着朝露的花儿，她明天就要当新娘了，妈妈坐在她对面，把这个漫长的故事仔仔细细地讲了一遍，流着泪说："女儿，我不能隐瞒，我也不知道是否应该得到你的原谅。"

　　女儿扑上来拥抱了妈妈，在她耳边喃喃地说："妈妈，我的好妈妈，我的坚强的好妈妈，有这样的事情吗？我一点记忆都没有啊！"

　　说完这句话，女儿突然发现萦绕在自己心上二十年的阴霾消散了，太阳巨大的温暖包容了妈妈和她自己。

第　中

　　王一和他爹王老憨都给财主王禄扛长活。王老憨是个壮劳力，经常做领工，就是干活在前面打样板的。王一八岁，干不了像样的活。王禄也不白养活，给他一群猪让他放。

　　王一把猪放到柳条通里，让它们吃饱喝足后，就赶起它们直奔学堂。

　　学堂前有个小小的泥塘，雨季就是一汪小水塘，太阳晒一天，是稀泥塘。

　　王一甩着一根柳条子，不费力，猪们熟门熟路奔向泥塘，下饺子一样，扑通扑通挨着个地跳进去，打滚起腻，快乐得直哼哼。

　　王一猫着腰轻手轻脚地摸到学堂窗下，坐在一块砖头上，朗朗的读书声马上把他迷得眼前什么都不存在了。刮风他不知道，下雨他不觉得，毒太阳暴晒得皮肤火烧火燎、大雪天冻得手脚红肿他都不在乎。

　　先生起初并不在意，他只在书上和传说中见过穷孩子借光偷学的故事，那是传奇，穷人家的孩子有几个那般造化呢？量他几天的新鲜劲儿就过去了。寒来暑往，一年有余，王一像块石头一样坚硬地裸露在学堂的窗根下。终于有一天，先生走出学堂，问这个黑瘦的孩子："我看你在窗根儿蹲了不少日子了，给我背个书听听吧。"

　　王一慌忙站好了，肩膀溜下来，两条胳膊紧紧夹着自己，低头背诵：

"学不可以已。青取之蓝而青于蓝，冰水为之而寒于水……蚓无爪牙之利，筋骨之强，上食埃土下饮黄泉，用心一也……"

清风浩荡起来，空气变得澄澈，树木绿得养眼，花儿艳得让人欢喜。先生感觉到有更美的东西一点一点浸润着他的心田，那童音稚嫩，却不迷惘，分明有一种拔地而起的力量破土而出。先生陶醉般地闭上眼睛，身体微微摇动，王一念完最后一个字的时候，先生字正腔圆地叫了声："好！"然后两眼放光，面色酡红，双手颤抖。

王一没有看到先生的变化，仍低着头，羞愧得有点语无伦次："先生，我……先生教他们的书，我都能一字不差地背诵下来，可是，我不认识字，也不会写。"

老先生把手放在王一的肩上，王一感觉到一股热流一下渗透进了自己单薄的身子骨，他诧异地抬起头看着先生，先生说："去，把你爹叫来。"

掌灯的时候，王老憨站在先生面前勉强同意了他的建议，他只管儿子的伙食，其他费用全由先生免除。王老憨回家的路上心里还在嘀咕：这不扯吗？穷得要死认些个字有啥用，当吃还是当喝？

一晃十年过去了，先生作古，王老憨也在当年撒手西去。财主王禄的少爷王耀宗决定进京赶考，王一作为仆从同行，照顾少爷起居生活。

启程那日，风轻云淡。王耀宗少爷的坐骑十分漂亮，一身油亮的黑色，绝无杂毛，却在四个蹄子的上方，都有一圈雪白的长毛，这种马有讲究，叫做"雪里站"，是一种奔腾如飞的良马。财主王禄给王一预备的马也不错，毛色青灰，健硕的屁股上雪花一样撒着大大小小一片白毛点子，俗称"雪花青"。屯子里的人倾巢出动，都有点莫名其妙的激动。两个人跳上马背，握缰在手，村人仰头观望，才突然发现，高高在上的两个人气度不分伯仲，不知底细的，真看不出来王一是受雇的仆从。

三年后，后生的小孩子穿着开裆裤在屯边大土墙上淘气，远远地看到两匹马飞驰而来。小孩子高喊："大马！大马！"

村人们很快发现，两匹马上只有一个人，就是王耀宗少爷。

少爷王耀宗一路"得得"进了家门，管家高兴得有点不知道说什么好，一边高声吩咐人马上禀告老爷太太，一边抓过缰绳乐呵呵地说："少爷可算回来了。"

少爷王耀宗面无表情地说："没考上可不回来了。"

管家接着问："王一怎么没回来呢？"

少爷王耀宗面无表情地说："考上了还回来做什么？"

管家惊得站在那不能动了。

王一的确回不来了，他高高中了榜首。

后来王一一辈子也没回来，可是他的故事却在屯子里生根了，招惹得晚生后辈们没有一个安生的，长到十八九岁就出去闯世界，不管做成做不成，不管是死是活，他们离开屯子的时候都说：干大事去！

家　道

教书先生颜真白天在学堂设坛讲学，晚上在自家炕头上打坐说古。学堂那件事是养家的营生，晚上的呢？是热闹。看别人的热闹，打发自己的人生。颜真却从未说破。

舍不得点灯熬油，颜先生端坐黑暗当中，他的听众密挨挨地和他一起拓展暗夜，浓烈的蛤蟆烟和不明的臭气交织，欺压着几点忽明忽暗的烟星儿。西北风刮得正猛，让人无法忽略，所以那一股超越狂风的悲号刚一响起就被众人听到了："啊……我的列祖列宗啊，我对不起你们，对不起你们啊……""空空空"，听众游离了颜真先生架构的时空，仔细辨析大墙的回声中，哪个声音是头的撞击，哪个是手的拍打。

颜先生停下了，等大家已经猜测出那哭声的来历，咳嗽一声，高声说，这次讲个大家伙从来没听过的故事：

> 话说吉林陶赖昭有个吴家，穷，起先是佃户，租种杨家大院的地。这样的家没有闲人。老吴给杨家赶大车，老吴的三个儿子吴一吴二吴三种地，老吴的老婆吴老太在家喂猪、养鸡、伺候园子、收拾家务、做饭。老吴还有个闺女，傻，干不了细活儿，给杨家放牛。

有一天，傻丫头放完牛回家，进屋之后顺手"嘭嘭"扔炕上两个东西，吴老太一看，妈呀一声，是两个金元宝！吴老太一把抓住傻丫头，吓得声音都变了："丫头，这东西哪来的？"

傻丫头说："捡的，牛总乱跑，我拿黄土坷垃打它们，剩下两块，拿回家了。"

吴老太问："哪儿捡的？"

傻丫头说："就那儿呗，破玩意儿，还有一大锅呢。"

当晚，老吴向东家借了大车，谎称傻丫头病了，去瞧郎中，把丫头摁在车上，蒙上大被子就出了村子。出了村子，老吴驾马车，吴老太拥着傻丫头仔细询问，一路赶过山脚，来到一处他们从没有来过的地方。撇下车，他们小心地穿越一片老林，老两口就傻眼了：星光下，一个破败的城郭出现在眼前。虽然到处长满了大大小小的树和高高矮矮的草，可是断壁残垣还是依稀可见。傻丫头来到了自己的领地，显得很兴奋，领着二老就去找盛黄土坷垃的大锅，指着它有些得意地说："看，还说我傻不？我没瞎说，是一大锅！"

那一锅金元宝合该现世，暗夜也没奈何，它们闪闪发光，不可阻挡。

老吴和吴老太有如神助，胆量和力量倍增，一大锅的金元宝一个不差都运回车上，给它们捂上大被，一回头看到傻丫头顶着大锅从树林子里出来了，她还喊着："妈，看我多有劲儿！"

老吴赶紧奔过去接住丫头的大锅，看看实在没处扔，又担心随便扔了不吉利，就一把扣在被子底下。

从此，吴家悄没声音地富了起来，好大的一个家业，好兴旺的人丁。不出几年已成有房有地的大户人家。等到吴十八当家，吴家的买卖已然遍及吉林，还开到了北京。

有些奇怪的是，傻丫头自从这个变故之后就更呆更傻了，没有找婆家，自然也没有子嗣，一直熬到白头发白眉毛的老姑奶奶。吴一吴二吴三临终的时候都着意嘱托了后人善待傻丫头，可是他们一撒手，哪管得了后面的事情。

傻丫头其实也并不多事，只有一样，就是对那口大锅情有独钟，每年腊月二十三过小年，当家的都安排妇女们烧一大锅热水，给傻丫头洗个澡。今年却没人张罗这件事。傻丫头那天一直等到天黑也没动静，她一趟趟去厢房一间闲置的房间看那口大锅。当时当家的是吴一的大孙子吴十八，明明知道老姑奶奶的心事，但是多有不耐烦，假装不知道。后来就听见一声巨响，大家纷纷朝着声音奔去，原来，那口大锅被老姑奶奶拿斧子砸碎了，真是难为她怎么弄碎的。

不管怎么说，大过年的，这种事到底让吴十八吃了一惊，感觉不舒服，他生气地大声问："老太太，你这是干什么?!"

傻丫头自言自语："完啦，这回是完啦。"

当夜，傻丫头无疾而终。

可是悄悄地，就像吴家突然富起来一样，又突然败落下来。而一旦败落，竟像瘫倒的大墙，轰隆隆来势汹汹。等到吴三十六当家的时候，吴家的买卖终结了，房产和土地也失去过半，但依然是个大户。传到吴四十，这孩子胸怀大志，去北京念最好的大学，学最时髦的经济，准备振兴祖业，去去二年有余，就打道回府，回来时，落魄不羁，更兼毒瘾深入骨髓，已然没了人形。那振兴家业的宏图大志也随大烟成灰了，转眼之间，如同瘦死的骆驼似的家业也不能继续支持，最后的七间卷棚滚脊式气派祖屋被迫卖给了别姓，吴四十把祖屋钱换成阿芙蓉过瘾。可怜那一表人才的吴四十啊，只有在月白之夜，掩了面子，伏在祖屋的墙上痛哭流涕了。

颜真口中"啧啧"有声，结束了故事，听众顿足颔首，很是赞同。此时，屋外狂风又起波澜，吴四十的哭声被风送出高高低低缠缠绵绵的悲号，最后彻底隐匿于沉沉的黑夜当中。有个嘴边长着一圈细软绒毛的年轻人，公鸭着嗓子说：颜先生，为什么吴家不能守成，而杨家大院却能代代富贵相传呢？颜真大喝一声：问的好！我正想考考你们呢。要我说，一句话，来路不正！

颜先生舒了一口气说：你们品去吧，所谓一分耕耘一分收获，古今中外，无一例外，那大风里捡来的，可不又被大风吹跑了嘛！何故之有呢？一开头就缺乏砥砺和磨炼，后辈们自然涵养不足，难以承欢啊！

第二天起，人们再也没有见到吴四十，谁也不知道他哪里去了。

噩梦·与江东六十四屯相关的四个日子

一

一九零零年。四月十八逛庙会，十六岁的海兰和自家嫂子、同屯子的几个女人结伴走在人群里，海兰的屁股被人掐了一把，她一扭上身，飞起右腿向后踹了一脚，脚没有碰到实物，踹空了，小腿还被人捞住不能动。海兰嫂子一下慌了，嚷嚷："你放下，你放下。"她让搂着海兰腿的小伙子放手，小伙子轻轻放下怀中的腿。事主双方像斗鸡一样四目相对。嫂子又问海兰："咋了？咋还打起来了呢？他咋地你了？"海兰和小伙子还对着眼呢，跟自己嫂子说话都没舍得收回：

"没事儿，他离我太近。"

"离你太近你就踹人家呀？"嫂子把她拉走时还在骂她，"就你这样的脾气，知根知底人家都不敢要你。"

"我还不乐意嫁呐！"海兰回嘴道。她甩了一下长辫子，长辫子像鞭子一样飞起来，打到小伙子的身上，深长的眼睛从眼角飘到眼梢儿，来来回回地扫着小伙子。

海兰被嫂子扯着走进熙熙攘攘的闹市，她知道那人一直不远不近地尾随着她。嫂子如果紧走几步，拉开了他们之间的距离，海兰就一定找个由头停留在某一个铺子上，挑挑拣拣没完没了，直到那个人跟上。

夕阳满天的时候，姑嫂两人决定回家，纷纷跳上自己的马，嫂子扶正货物，瞪着海兰说："傻丫头长大了，心里长草了是不？瞧你鬼里鬼气的样子，不知羞。"嫂子说完大笑，海兰也大笑，又扬鞭狠抽了嫂子的马屁股。

姑嫂俩一路"得得"前行，离哈达屯两里地，远远地看到石砬子下面站着一匹马。夕照中逆光剪影。坐骑和人都不甚明了，却有一种无法表述的挺拔英俊之气。海兰看呆了，嫂子斜了斜眼睛，假装生气，给自己的马加了一鞭，风一样掠过去，留下来的海兰突然红了脸，她勒住缰绳，踯躅不前。剪影动起来了，长鬃飘飘，四蹄翻飞，马头高昂，像一匹神马向海兰的梦境飞奔。

两匹马相向而立，慢慢重合在一起。坐骑上的两个人在说话，悄悄说话。谈话的内容是什么呢？谁也不知道。晚风柔软下来，倾听少男少女美妙的心跳。

二

一九零零年七月十七日。凌晨，海兰惊醒。俄国军队突然出现在哈达屯，"十响毛瑟"、哥萨克马刀到处轰鸣翻飞。海兰浑身上下被江水浸湿，才知道发生了什么。哈达屯老少几百口都被俄国人逼进黑龙江，前面的人下饺子一样掉入江中，后面的想回头，被俄国人高粱一样一茬茬砍倒。海兰被踏入江底，憋闷不过，奋勇潜行，找到一线空隙浮出水面喘气。她终于爬上了南岸，回头一看，江里浮起一层死尸，翻滚着红色的血水向东流淌。海兰脑子轰的一声爆炸，她重重摔在地上，什么也不知道了。

三

一九零四年七月，盛夏。松嫩平原北部，平顶山下一个叫西北河的屯

148　少年梦·青春梦·中国梦——中国故事
〔安石榴〕　完全爱

子来了一个单身汉，这个人有一身傻力气，人们都叫他牤子。他只打短工，工钱全部喝酒，一个子儿不留。他皮肤松弛粗糙，看不出年纪。喝醉了就叽里咕噜地说谁也听不懂的话，有一次一个老满洲人无意听了他的胡言乱语。老满洲说，他说他要回去，回哈达屯找妈妈去，回白旗屯找他去。老满洲摇摇头，不知道他说的哈达、白旗在哪里，也不知道他说的他是谁。

四

解放之后，牤子完全丧失了劳动能力，成了屯子里的五保户。1960 年大饥荒，屯子里来了几个逃荒的山东人，因为能吃基本饱，他们总是又兴奋又活跃，到处寻找新鲜事。午后大太阳，几个老头在树荫下乘凉，牤子拎个小马扎加入进来。他们都赤裸脊背，只穿一条黑色缅裆裤。一个山东人指着牤子，惊呼出了他的发现：

"哈，看这老头，他有奶子。"

的确，老人有两个空袋子似的乳房，长长地垂下来，几乎垂到了他多皱羸弱的腰际。

状　态

　　瑞子的母亲什么都不缺，真的是什么都不缺。瑞子的母亲是个全福人。一儿一女，孙子孙女，外孙外孙女，都富富态态，活活泼泼的；一年四季的衣服总有轮不到上身的；天上飞的地上跑的水里游的，天天吃在口中，老太太是个全福人。

　　瑞子的母亲过着这样幸福的生活，全依仗有出息又孝顺的儿子和女儿。瑞子的哥哥叫福子，带着老婆孩子开着汽车修配厂。瑞子也不差，大学教授，赚钱不少，而且赚得优雅。

　　瑞子明白母亲什么都不缺，她想方设法让母亲开心。从某一年开始，母亲节和母亲的生日，瑞子不再给母亲买吃的和穿的了，她给母亲买花，鲜花。起初是一束一束的，康乃馨、玫瑰、百合、天堂鸟等等，花店里所有的鲜花品种全汇集在一起，并不管是不是符合插花的规矩，只取美满的意思。瑞子的做法很合母亲的心理，老太太高兴，总是把花插在一个大瓷瓶里，看不够、嗅不够的样子。

　　后来，瑞子发现盆花也非常漂亮。母亲一辈子爱花，八十岁之前一直养着各种花卉，八十岁时摔了一跤，股骨头断裂，手术之后，儿子女儿就不许她养花了，那些美丽的花只好转送了亲戚朋友。

　　瑞子发现花圃培育的盆景花卉很有趣，并不要人怎样伺候——就是你伺候它也活不长，开个把月自然萎败，可是在开放期，极漂亮，摆在那儿就是一盆全枝全叶的花，花盆也精致好看，非常适合送给母亲。

母亲生日的时候，瑞子买了一盆蝴蝶兰，纯白色的。母亲喜欢白色，不仅如此，母亲还是第一次看到这种花。瑞子看到母亲高兴自己就更高兴。

一个星期后，瑞子去看母亲，却发现那盆蝴蝶兰放在哥哥的屋子里了。

母亲住在哥哥家，哥哥的房子是自己设计的三层别墅式建筑，为了生活方便并能体己照顾母亲，哥哥一家和母亲各有各自的卫浴、厨房、客厅和卧室。

瑞子去母亲的房间就要路过哥哥的客厅，就在这个时候瑞子看到那盆白色蝶兰在哥哥的茶几上幽幽的、静悄悄的绽放。

瑞子在母亲的房间小声问母亲："花呢？"

母亲笑了，笑的仿佛很羞赧："你嫂子也喜欢。"

瑞子问："嫂子拿过去的？"

母亲佯装嗔怪："瞧你说的，你嫂子什么时候那么没教养了？是我看见她喜欢给她送过去的。"

"妈妈——"瑞子的声音有些急。

母亲把手摁在瑞子的手被上："瑞子，妈妈年纪这么大了，看不看一盆花能怎么样呢？你哥哥你嫂子可是你天长地久的娘家人，你懂不懂？"

瑞子只好和缓了语气："妈妈，不是这个话。"

"我知道你怎么想的，瑞子。"

"妈妈，你从前不是这样的人。"

"妈妈不是老了吗？"

"那又怎样？"

"不中用了。"

"不是这个话！我们都是你亲生的，何况，你有钱，你用不着揣摩别人的脸色。"

"瑞子，"母亲打断了她的话，沉吟了片刻："等你老了，你就知道了。"

　　"我老了也不会像你那样。"瑞子轻轻跺了跺脚。

　　母亲宽容地笑了："那你最好现在就记在本子上，到时候别忘了。"

　　瑞子急的眼里噙满了泪水："我去取回来。"

　　瑞子其实并没有行动，她知道自己只是说说气话而已，母亲也没说什么，母亲也知道瑞子不会那么不懂事。

　　第二天，瑞子又给母亲买了一盆蝴蝶兰。本来她还想买纯白色的，甚至就要和上次那盆一模一样的。低了一会头，再抬起时，瑞子指定了一盆紫粉的。

　　接下来的一个星期里，瑞子过得很不安逸，心里总像有什么事闹得人不安生，静静想想又没有。

　　双休日瑞子照例去看母亲，走到哥哥的楼房下，突然紧张起来。她不知道路过哥哥客厅的时候，会看到什么。会看到一盆白蝴蝶兰呢还是一盆紫粉蝴蝶兰？

　　这似乎也不是瑞子特别紧张的原因。

　　瑞子最怕的是，一盆纯白的蝴蝶兰和一盆紫粉的蝴蝶兰都在哥哥的茶几上，它们呼应着争艳！

解不开的魔咒

　　她五十岁时终于明白自己可以重新来过。那时候她的儿子已经结婚，女儿上大二，丈夫病逝半年，尤其是，她认识了三十八岁的广子。

　　认识了广子她断定自己这半辈子最缺欠的是爱情。既然天命昭昭，她又有高大强壮的身子骨挑战世俗的一切，所以，她没有顾虑。

　　她收留了来历不明的广子，她自己也没料到，前半辈子和丈夫的奋斗果实成了她爱情的后盾。两个人住在前前后后七八间平房里，有时候请朋友过来凑局儿，有时候一起出去打麻将。广子的麻将打得沉稳了，输赢都在潇洒的笑声里，连桌子底下抖动的脚上的袜子都是雪白雪白的。打完麻将也有兴致请大家吃烧烤、喝啤酒，如果兴致还好，就到歌厅唱唱歌跳跳舞。

　　她觉得日子从来没有像现在这样有滋味。

　　他们也打架吵嘴。打得很凶，骂得很毒。但也终归和好。当她给他买一部新手机，或者一块手表，或者一套新衣服一双新鞋，广子会乖些日子，她就觉得爱情真够甜蜜的啊。而且广子的身形好，眼光更棒，穿戴在身上就是不一样，明白人一看都惊呼着叫出牌子，她在旁边看着，高兴。

　　其实，她有烦恼。没法说出口。

　　终于女儿的生活费拿不出来了，她让儿子负担。她做到了。到底棍棒底下出孝子，她以为她强悍的威风一直震慑着儿子女儿的心，她是向来打孩子不手软的，儿子女儿小的时候见了她就是老鼠见了猫。她从来说一不二。

女儿放假的时候她有了一个想法。那时候广子又不太着家了，哀求不好使，广子喜欢成沓的钱，她却再也拿不出来了，只有退休金那薄薄的几张。她缠广子烦了的时候，广子什么话都骂她，让她觉得龙钟的肉体是眼下最严重的障碍。她要攻克了它，用女儿。

她在家摆了一桌好饭菜。广子在酒精的鼓动下，仔细地打量这对母女。两人像，太像了，模样到体型都像，可是那老女人怎么就那么恶心，那小女人怎么就那么可人呢？他意会她心意的时候是下了一番决心的，伴随俏货拉郎配式白送的老女人让他难咽那口气，他自己也想不明白，从前怎么就上了她的贼船。

她并不知道广子心里琢磨的事，当她把广子和女儿关在一个房间时，竟然放松地叹了一口气。可是不到两分钟，屋子里一阵噼里啪啦，随后广子就鼻青脸肿跑了。广子只记得两个跆拳道劈腿动作从他的脸上下来之后，有一句低低的话追在他耳边：你想什么呢？你当我们兄妹好惹吗？我母亲的事我管不了，别瞎了你的狗眼，你他妈的给我马上消失！

她不能让广子消失，她总有一种感觉，只差那么一点点广子的真心就永远停顿下来了，她要抓住最后的机会。她拿出了杀手锏。广子在旁边看着，她打开封尘很久的箱子，把一只斑驳的铁盒子拿出来，打开，里面有暗红绫子小包，再打开她觉得有些怪，丈夫在世时分明是一个本本，现在变成崭新的两本，逐一翻开，她傻眼了，两本新房照，一本写着儿子的名字，一本写着女儿的名字。

广子抡圆了胳膊打在她身上的时候，她不觉得疼，她浑身上下有太多的伤痛。但广子骂她是贱骨头，她的心激灵了一下，丈夫也曾经无数次地骂过这个话。她趴在地上虽然说不出话来，却是明白的，丈夫死之前已经做好了一切了，那么现在死鬼一定在哪个墙旮旯瞧着她的热闹呢，像从前一样两个嘴角撇成八字，鼻子冒着看不见的气儿。她心里忽然来了一股劲，恨恨地想，死鬼，热闹好看是不是？我让你看个够。广子的脚还一下下"噗噗"地落在她的身上，家具"咔嚓嚓"不住的晃动，她听见了，却不知道和自己有什么关系。她翻着白眼仁，对着模糊遥远的广子说：你等着我吧，广子。你等着我，广子。等我能爬起来，我上法院，把我的房子争回来！

日 子

    钢子和华子两个人的脑瓜仁子加到一起也不知道美国华尔街金融危机与自己有什么关系，可是两口子的确再次下岗了。老板当众宣布破产倒闭，两口子站在密密麻麻的工友当中，立即明白他们只是两只小麻雀，于是与大家一起做鸟散状。

    返乡的火车厢，行李架上座位底下到处都是红白、蓝白相间的玻璃丝袋子，到处都是与自己一样命运的人。华子重新束了束头发，长舒了口气，到底有这么多人做伴，还不孤单。失去工作的恐慌得到缓解，心就安定下来，反正也不是第一次失业，没啥大了不起的。华子这样想着，竟然开始琢磨回家之后干点啥。钢子个子大，站在过道上，满眼都是又脏又乱的脑袋，像一个个掺多了土的煤球似的，他的心一直沉到底，而怨气却从心底一股股往上冒，冲撞着他的嗓子，又痒又痛。

    两口子返乡途中已然不同了，只是他们自己还不知道。

    果然，回到家钢子大病一场，一身的肌肉块子还在，其他的全都没了。

    华子很快找到了工作，整天乐呵呵的。虽然活计不轻巧，钱不多，可是华子想，人啊，为着那一口气该较劲较真，就是不能跟自己跟别人瞎较劲，到什么山唱什么歌吧。有活干说明我华子还行！所以华子晚上回家，身体再累，精神头很足，也为了给钢子解闷，她就给钢子讲在外面听来的又粉又黄的段子，口无遮拦地：听好了啊，徐子说——

徐子就是华子的老板。从华子的口中，钢子觉得这个徐子似乎是个甩手掌柜，专门扯犊子。钢子的兴奋点完全不在华子的调调上，他总能从华子的笑话里琢磨出徐子的影子和画外音，这让他很不舒服。钢子白天躺沙发上看够了电视就琢磨事，越琢磨越不对劲儿，越憋得慌。有时一个劲儿地唉声叹气，有时一激灵爬起来，直奔华子打工的押面店，躲在一处偷看。徐子、徐子老婆、华子三人忙得团团转。很小的面馆，却非常火爆，屋里屋外全是吃面的，徐子押面，徐子老婆煮面收钱，华子脚不沾地地招呼客人，那些混账话是什么时候说的呢？这是个事儿。钢子一直蹲到收摊，看着三个人收拾完，关灯走人。那混账话到底是什么时候说的呢？

一天，钢子午睡过了头，睁眼一看天黑了，表针指向九点半。钢子赶紧骑自行车奔向面馆，拐过弯，一露头，看见面馆漆黑一片，正待掉头，忽然有两个人影从面馆走出来锁门，钢子的火"腾"的一下窜上脑门，他把车子一推，冲了上去，嘴里恶狠狠地说：老子就等这一天呢，到底抓到手了。钢子把华子捉回家，就一句话，要华子脱了裤子他看看，其他一概不听。而华子声称自己啥事没有，坚决不脱裤子。钢子就抄起电话把自己的父母和丈人丈母娘都叫来，来个三堂会审。钢子华子两人激烈的争辩，没有理屈的一方，根本判断不出来孰是孰非，直嚷到所有人都脑浆子混沌了，就剩下一个问题。

钢子：有种你脱裤子让我看看，是清白的，就敢验证。

华子：清白就是清白，用不着你验证。

已经到了后半夜，两对暮年的老夫妻，在血气方刚的钢子和华子面前，实在左右不了形势，做婆婆的拿眼睛总是看亲家母，亲家母也知道是什么意思，咽了口唾沫，无奈地说："华子，要不你就让钢子看看吧，反正你们也是多年的夫妻，又不是外人。有没有事呢再——"

华子瞪起眼睛断然回绝："妈，你糊涂。这是羞辱！别说是夫妻，就是亲娘也不能！"钢子和华子离了婚，徐子老婆也闹起来，华子就不在押面馆了，弄了个三轮车当板爷。她总得挣钱，儿子念大学呢。后来钢子为了气华子和徐子老婆结了婚，华子知道了正伤心，徐子一脸汗水找到了华子："咱俩结婚吧，我气死他们！"

华子骑在车上哈哈大笑："说啥呢，咱俩有事吗？"

徐子摊开双手："没事啊，啥事没有啊，要不怎么冤呢。"

华子说："世上的冤枉事多了。"

扔下这话，华子蹬上三轮车走了。

意　外

　　祝鹏正在热恋，平时莫名其妙的就激动，何况热恋的情人就坐在身边。他自己都承认血管里的血液平均一百度以上，沸腾不息。此刻，祝鹏开着他的奔驰带着双红在郊区公路上兜风，他是把车当成自己迎风飞舞的头发了，潇洒的甩来甩去，双红就颤声尖叫，一边伸出双臂死死搂住祝鹏的腰，头埋在他的肩下不敢睁眼睛。祝鹏大笑起来，心里十分欢畅。他喜欢双红小鸟依人的样子，自己仿佛就是一只扶摇直上的大鹏，有一种傲人的雄性豪迈。他猛地加大油门，车像箭一样射了出去——当祝鹏看到那三个小孩的时候，他们像被钉在路中央的木头一样，傻呆呆地看着飞驰而来的汽车，脸是一个模子刻出来的惊恐。祝鹏的脑子"嗡"的一声炸响，他还能够意识到旁边有一条长满荒草、废弃多时的岔路，但在同一时刻，岔路上绿草丛中一个小女孩头上粉红色的蝴蝶结让祝鹏吃了一惊，一个念头一闪，3：1，他不能犹豫，也来不及犹豫，车飞一样冲向岔路。

　　事后，交警给祝鹏看了孩子们的笔录。当时，蝴蝶结女孩认为太危险而坚决反对在路中央捉蚂蚱，还和三个小伙伴发生激烈的争吵，赌气自己跑到岔路上大声说："我不跟你们废话了，一会儿有车来，你们就会主动跑到我这里，因为我是对的！知道吗？我是对的！"

　　祝鹏参加了葬礼，小小的墓碑只有六个字："我来过，我很乖。"小女孩灿烂的笑芒刺般扎得他钻心的痛。

祝鹏终止了他的爱情。因为他无法终止回忆，无法找到时间隧道逆流而行。双红一语道破天机："大鹏，别傻了，别难为自己，只是一场意外！那样的情形，你选择哪个是正确的?！"也许因为这句话，双红哭倒在滂沱的大雨中，撕心裂肺的喊叫也无法唤回祝鹏。

那个时候祝鹏的团队正在研究新项目。这个项目如果成功，祝鹏的公司就有可能进入全国500强，如果失败，祝鹏只有跳楼一条路。讨论会上，八个部门提出了主旨一致，措施上相辅相成的方案，只有一个部门颤巍巍的提交了一份孤立无援、意见相左的报告。会议室里大部分人面露不屑和侥幸的哂笑，但是，出乎所有人的意料，祝鹏选择了那个"少数"意见，公司上下一片哗然。祝鹏的经理出于责任找到他：

"祝董，我觉得你应该认真考虑大多数的意见。"

祝鹏看住他，想了想说："知道吗？我，包括你，就被这种少数服从多数的教育毁了。"

经理露出游移的神色，但是显然，他更愿意就事论事："一个部门错也就罢了，难道八个部门齐刷刷的都错了吗？集体的智慧也能够怀疑吗？"

"我告诉你一个事实：类似普通的，人们惯常应用的常识经常是愚蠢的。"

经理记起祝董非常推崇的《三国演义》，说："俗话都说，三个臭皮匠，顶个——"

"别说三个，就是三百个也抵不上一个诸葛亮，你自己心里明白，何苦说它。"祝鹏打断了他："而且，我跟你讨论的也根本不是一个问题。和数量质量无关，你不会明白的，可能连我自己也不明白。"

经理坚持："你会血本皆亏！"

"随它的便吧。"

"我看你在故意毁坏什么。"经理在做最后的抗争。

"与你不相干！做你自己该做的事吧。"

经理从祝鹏那里出来只有两个心思，一个是准备跳槽，另一个是看笑话。

　　是的，祝鹏没有把握，那个方案他甚至看都没看，而且，他和经理的对话也并不是有意给出答案。但有一点经理说了个正着，祝鹏的确要毁坏什么。

　　但是，祝鹏却成功了。他的公司被一权威机构评为全国 500 强，并稳稳占据中上游位置。公司的实力更强了，可是他自己却更萎靡，更虚弱了。

　　祝鹏从三十层的公寓跳了下去，彻彻底底毁坏了自己。他的遗嘱只有一句话：双红，你知道我只是无法承受内心的冲突，我给不出自己一个圆满的答案。

密林中一双女皮鞋

是一双裸色鱼口高跟女皮鞋，很新，但不是崭新，有人气儿附着在精工小牛皮柔软而浅浅的褶皱里，暗示鞋的主人是个年轻时尚的女人。

说实话，他鬼祟着钻进密林深处时，并无心旁顾，他有自己隐秘的而且是唯一的目的，可是那双女皮鞋突然跳入他眼里了。鞋子在一棵树下，草丛中，摆放规矩齐整，就像是主人很在意地把鞋放在自己的鞋柜子里似的。他本来闷头匆匆走过去了，却莫名其妙地停住，呆了呆，又劈开乱乱的荆棘退回来。没错，他想，真奇怪。他坐了两个小时的郊区客运大巴，又翻过一座山，才进入这片密林的。绝对人迹罕至，鬼影子都没有一个的地方，整整齐齐摆着一双鞋是什么意思？谁肯和他一样不辞劳苦、不畏天险走进密林深处呢？而且仅仅为了放置一双鞋？

他坐下来掏出烟，一支一支地吸。

傍晚，他胡子拉碴地走出密林，下山，直接去了八达村警务室报案。警方首先取得了这件弥足珍贵的物证，三个月以来悬而未决的教师被杀案告破。

在这个过程和接下来的程序中，警方对报案人进行了缜密的询问和调查，在某一刻，他额头上的汗水突然集体滑落，警员迅速握好记录笔，报案人要了一支烟，深吸一口，开口道：萧城贵妇人金店抢劫案是我干的……

一个月前，贵妇人金店在闭店前一分钟遭到蒙面劫匪的持枪抢劫。失窃黄金首饰价值三百五十万，一名保安受伤。

这个神奇的案中案社会反响十分强烈，立马吸引了一家媒体。那天主编喝多了酒，脑子有点糊涂，随便派出一个实习记者去采访。小记者业务还不太熟吧，有些拙朴，但是热情很高，很兴奋，在会面室开门见山地向穿着金黄色囚服的他发问：

你为什么进山？

藏金子。

你为什么报案？

我知道那是个事儿。没有一个正常人会翻山越岭去放置一双鞋，只有和我一路的人，和我一个心态的人才干得出。

你没想到会暴露自己吗？

说实话，之前想到了，等我走进警务室时就忘了。

你在报案之前想了什么？

如果我不报案，这双鞋就永远藏在深山老林中了，这个秘密可能就永远也揭不开了。

小记者深挖道：那报案时你又想了些什么呢？

那人面露痛苦，一阵抽搐之后，泪水盈眶。他长长地叹了一口气，说：我想到了我的妈妈。这辈子我没消停过，我一宿不归我妈妈她就会老一岁，一个星期没有我的消息她就会卧床不起。那个女人的妈妈不是也一样吗？

主流话语

　　邻居都知道赵家老爷子老太太的习惯，看见赵律之从早市拎回一兜子青菜，笑着说："律之啊，你是不常回来，不知道，你爸爸妈妈是不吃青菜的，他们只吃肉啊。"这邻居是律之老爸一起退休的老同事，还继续玩笑着说："看你这架势是要饲养两只老山羊呢，哈哈！"

　　律之四年有一次探亲假，刚从甘肃回到千里之外的故乡。虽然每年都有两个长假，他也不能经常回来。

　　"一口青菜都不吃，你做了也没用。"律之的姐姐看他收拾绿绿的小油菜："律之，我先走了，不能在这吃饭了。我买的天津狗不理包子都放在桌子上了。热乎的呢，抓紧时间让爸妈吃吧，凉了老爸就生气了。"

　　律之答应着却并未停下手里的动作。律之是有愧疚的，他是父母最疼爱的老儿子，但是不能在膝前尽孝，照顾年迈父母都是由哥哥姐姐承担了。律之觉得自己少说话多做事也算是个补偿。

　　哥哥有一次看他用擦菜板子擦胡萝卜丝，就大叫："你小心别弄破了手！不要费那么大力气了，爸妈不吃的。我刚买了三鲜馅水饺，一咬一兜油，给爸妈煮好，咱哥俩不吃，去饭店喝两杯去，好久不见了，哥想你呢。"

　　律之让哥哥先回屋等着。

律之回来之后，哥哥姐姐一边叫嚣着律之回来了，我们可要好好放松放，一边却也从未放弃对父母的日常照顾，只是说说给弟弟减压的。其实，律之的哥哥姐姐也和父母一样疼这个小弟弟，从心里也没有抱怨他，心甘情愿为律之分担了孝心。赵家的兄弟姐妹就是这么孝悌，社区都把他们的事迹树立成典型来宣传了，居民没有不称赞的。

姐姐告诉律之："你好容易回来一次，和老同学老朋友好好聚聚吧，爸妈的事情不用你操心。我们也没把你这个小弟弟当大人看。"一边说着，一边把从超市买回来的红烧肉、梅菜扣肉、速冻馄饨等等分别放进冰箱冷藏和冷冻起来。看到律之认真努力地切茄丁，说："弟，别麻烦了，爸妈根本不吃青菜，咱家不差钱，爸妈喜欢吃大鱼大肉就满足他们，铆劲吃能吃多少。"

社区的领导既敏感又有心，注意到这个和谐的大家庭可以发掘出新的宣传材料，还挺以人为本的，并没有故意安排，只寻了一个赵家吃团圆饭的中午，社区干部全体亮相，来探望老人，宣传干事像是顺便抓拍几个镜头，并没说留着备用这回事儿。

社区干部一进屋就闻到一种奇新鲜的菜香，是这个地方人人喜欢的家常菜，炒三丝：干豆腐丝、掐菜、韭菜，清油爆炒的素菜，又好看又下饭。客人们略有些逢迎似的欢快地叫着："好香啊，好香!"

赵家人也都乐呵呵地回应："鸡鱼肉蛋全齐了，当然喷喷儿香。"客人们却并未在餐桌上搜寻到炒三丝的踪迹。

晚上下班前的空当时间，宣传干事把片子拷在电脑里播放，因为中午慰问活动耽误了吃饭，社区干部全体吃的大众盒饭，胃肠受了点小委屈不安逸，干部们闲闲地看着电脑屏幕打发时间，肚子不满地小声嘀咕，不自觉地人们就都忆起赵家的菜香。

有人说："赵家老头老太太也是怪，只认大鱼大肉，一点青菜不吃。"众人纷纷举证般地说这就是所谓青菜萝卜各有所爱。

这时候，镜头特写赵家老夫妇，老两口用不锈钢长勺大口大口地吃着，表情十分欢喜，那样子很像小胖墩儿狂扫麦当劳。

宣传干事是个二十岁出头的小伙子，也是个见肉不要命的，舌头涮着口水大叫一声："这肉吃的，爽！"

老两口饭勺里翠绿的韭菜、晶莹剔透的掐菜、嫩黄的豆腐丝在数码设备里现出比实物还要养眼的色泽。

老两口吃的是菜粥。律之精心熬制的菜粥。

如同赵家老爷子老太太逐渐缩小的物质体积，他们的真实愿望也被毫无恶意的边缘化，那么多双眼睛全都视而不见。

1945 年 8 月 15 日

新媳妇秀芝新婚一个月后回娘家"住对月"。按理儿秀芝要在娘家住个整月，可是热情的新郎并不给秀芝从前女儿家清静的日子。他三天两头就来找她，五十里的山路挡不住他，一天的劳累也挡不住他，骑着他的雪花青一路狂奔而来，只为和秀芝住一晚上。

大太阳光把秀芝晃醒了。新郎不在身边，说好昨晚他要来的。秀芝没多想，一骨碌从被窝里坐起。娘家虽然只有老爸老妈，极疼爱她，那也不能放肆了。秀芝看了看小圆镜子里红扑扑的脸蛋儿，太贪睡了就丢脸了呀，她吐了吐小粉舌头。

秀芝麻利地穿好衣服，收拾妥被褥，整齐地摆在条柜上。她打开北窗。园子里的苞米绿得发黑，壮实得像一群小伙子呢。窗前一棵沙果树，满树的沙果带着一层霜，绒嘟嘟的像姑娘的脸。树荫里种不了正经东西，还是秀芝撒的花籽，姜似腊开得热闹，红的、粉的、白的、黄的，就数它们的颜色浓艳。立秋之后总是这样，树啊、草啊、花啊，还有庄稼们都立马加重了颜色，照比之前浓的多。秀芝这样想着，在炕边坐下来，脚尖勾起天蓝色缎面半高跺跟鞋，系绊带。这时候，堂屋传来爸爸的声音，声音很高，很响，不常有的声音：

"光复啦，光复啦！小日本子投降了。"

"啥？你说啥？"妈妈大声追问。

"小日本子完蛋了，这次真要滚回去了！"

秀芝一只鞋还没有穿好，也顾不得了，一条腿一蹦一跳地推开房门："真的吗，爸爸？"

"真的，村公所的膏药旗被老窝火扯下来，撕了。那个猪脸小日本子也没影儿了。"

吃了早饭，爸爸跟妈妈商量把秀芝送回去，妈妈舍不得：

"老丫头没住上几天呢，你急着送她干什么？"

"光复了，这是大事，老丫头该在婆家才对。"爸爸说。

爸爸赶着马车带秀芝上路了。屯子里的小孩子们像马蜂一样一群群跑过来奔过去，一阵阵欢快的吵闹声；有三个女人各自站在家门口大嗓粗气的唠着闲磕儿，胸脯子挺得老高，脸上乐开了花。看秀芝过来，她们打趣：

"哟，在娘家住不下了不是，新娘子想新郎了吧？"

"你个骚老娘们别瞎咧咧。光复了，老丫头得在自己个儿家过。"秀芝红着脸低头不语，爸爸甩了鞭子回话。

空地上站着几个汉子，默默的没有说话，但脸上闪着和太阳一样的光亮。

爷俩上了大道。马车在山路上飞奔起来，两边起伏不断的苍翠之色纷纷后退，空气里流动着饱满的兴高采烈的味道。

这样跑了长长的一段路，马儿自行慢了下来。路上一个人也没有，密林里偶尔有一两声鸟儿的清唱，一只野鸭领着几只小鸭子排成一行慢悠悠的过道，路边草丛里零星开着几朵小小的红花，在一片浓绿的包裹中还是那么醒目，小火苗似的。秀芝看着这一切，心里有一种说不出来的熨帖，想笑还想哭。

一路沉默的爸爸忽然哼起一支歌，熟悉的曲调让秀芝辨认出是哥哥在家时常吹的《苏武牧羊》，于是，一管苍凉的箫音盘旋而起，秀芝禁不住捂着脸嘤嘤地哭起来。她想起自己唯一的哥哥，九一八事变当天深夜跟李杜将军抗日去了，十四年音信皆无。光复了，哥哥该回来了，可他会回来吗？

在初秋清凉的风里，幽幽地唱着悲歌的老爸爸也一样满脸泪痕。

秀芝就那么嘤嘤地哭着，整个的心都牵挂着哥哥。新婚丈夫昨晚没有如约，这到底是什么征兆？年轻的秀芝想也没想。

秀芝不知道，昨天，就在昨天，她的新郎，杂货铺的小老板，赶着马车拉上盐、酱油、醋，按约定日期给要塞送了最后一次货。他永远也不会回来了。他到底被日本人埋在哪一堆石头瓦砾下，谁也说不清楚。

钱的秘密

　　大年初一，大洪接到110指挥中心的指示，直奔世纪家园B座1704。报上身份进屋一看，家里热闹非凡。共有6个人，老两口，小两口，一对八岁龙凤胎兄妹。又哭又叫乱成一片，小孩子在地上打滚，老太太边哭边指责儿媳妇欺骗自己，儿媳妇抱怨婆婆栽赃陷害，老爷子痛骂儿子不孝，儿子责怪老爷子糊涂。六个人弄出个六百人的气势来，仿佛天大的事。

　　大洪镇定了一下，给他们机会每个人都表白一次，终于理出一条线索：腊月二十三过小年，儿子一家到父亲家吃饺子，走时，儿媳妇给婆婆留下一千元，让老两口过年用。婆婆想，老头子单位搞福利发了一千元家乐福的购物卡，足够过年的啦。第二天婆婆就去楼下储蓄所准备将这一千元存上，不想被验钞机退出一张百元票子，工作人员说这一百元钞票是假的，要盖章作废没收。婆婆一急就"昏"过去了，那是个很小的储蓄所，工作人员没见过这样的阵势，倒让老太太吓住了，不敢惹麻烦，把钱还给她。老太太回来就和老爷子说了，按她的脾气立马打电话把儿子和媳妇叫回来臭骂，老爷子却是一辈子谨小慎微的人，想了想说，又不是手对手你当时就发现假钞的，万一他们不承认呢？那不是又惹闲气弄出麻烦么？不如这样，等过年，把这张假钞偷偷夹在孙子孙女的压岁钱里，反正孙子孙女的压岁钱也是上交儿子儿媳妇手里，事后发现了，她也没脸揭穿，就让他们自作自受！今天孙子孙女拿到压岁钱，抽出一张就跑下楼去超市买小食品，也真是巧，偏偏拿到假钞这张了，结果小食品没买上，回来就不干了，闹起来了。最后这六个人闹成了一锅粥。儿媳妇却很委屈，说是老太太糊涂，被人骗了，却还冤枉自己的家人。儿子自然向着自己的媳妇，老爷子声音低，说话无力，老太太百口难辩，一气之下就拨了110。

那张惹事的半新红色百元大钞就摆放在茶几上，大洪知道，到底真相是什么，婆婆和儿媳妇各自心里明镜一样，清清楚楚，老爷子和儿子的确都在懵懂当中。大洪自己呢？他现在也不知道，但是他有把握很快就知道。

大洪从茶几上拿起来那张大票子，一边向阳台走，一边说我仔细看看，别是有误会。那六人也不闹了，都看着大洪的背影。大洪拉开落地门走到阳台上，把钱举起来冲着阳光仔细看，看半天说：哪是什么假钞啊，绝对是真的！转身回来，把钱直接塞在孩子手里，说：你俩换一个超市试一试，我在家里等你们的胜利消息。俩孩子小鸟一样飞走了，半个小时吧，孩子进来了，大包小包地扛着回来好多小食品。

四个大人都看呆了。

大洪把孩子叫过来，说，嗨，小朋友别忙着吃啊，咱们说点事儿。

孩子们过来倚在大洪的腿上。大洪说，你们要知道，这个假钞事件也是个假的，误会，懂了吗？就是说啊，你妈妈没骗你奶奶，你爷爷也没给你们假钱压岁，都是看走眼了，明白么？小孩忽闪着大眼睛点点头：妈妈是好妈妈，爷爷是好爷爷，永远不骗人。说完就跑小屋吃好吃的去了。

大洪也站起来，一一和四个大人握了手，说，得，我完成任务了，我得回所里继续值班。家和万事兴，祝你们快快乐乐过大年！

大洪和他们握过手之后，已经知道了那张假币的出处，那只在大洪掌握下的手，又湿又冷。回到派出所之后，大洪有所期待。果然，快下班时，敲门声起，打开一看是那位儿媳妇。她进屋之后很不好意思，说：谢谢您了。这事的确怨我。是这么回事，年前单位捐款资助一位困难职工，我负责收钱，结果收到一张假钱，这是根本想不到的事情，以为都是一个单位的，所以就没用验钞机。这事只好自认倒霉，因为没有一点线索，不知道是谁干的，最后我自己掏腰包补上了。为什么给婆婆呢？也是我小心眼儿，我婆婆爱攒钱，她从前都是把钱藏在家里的，我想反正她也不花，真钱假钱不影响。谁知道她今年就改辙了呢，偏偏去银行存钱了。事到那个程度我也就不好承认了，怕在孩子面前丢了形象，只能硬挺着。谢谢你给了我台阶下，不过也真是给你添麻烦了。

大洪笑了笑，没说啥，把那张假币拿出来，那女人想要接过去，大洪没给，抓在手里让她看仔细了，然后一下一下撕成碎块。做完这些，大洪才说，这才是这张假币的最好结果，你明白了么？

女人连连点头，眼睛里都含着泪水了。可能不想让大洪看到她的窘态吧，女人转身走了，她走之后，大洪看到办公桌上放着一张百元大票。大洪拿起来端详了一会儿，大方地放进衣兜，自言自语，本来也应该是我的嘛。

包 叔

　　那时候我刚进机关，做区政府文书。这个岗位虽然微不足道，却比较敏感，从某种角度看，与领导和群众都近。因为近，就容易看到和遇到些事情。这样，我认识了包叔。

　　在机关，对人正式的称谓只有两种，在岗的姓氏后面加上职务，离岗的姓氏后面缀上叔姨之类的称呼。前者不必赘言，后者也好理解，尤其对那些有年纪的人，是一种敬重。

　　退休的包叔，几乎每天都到区里来，和他在岗上没有什么区别。但他来干什么不好说，有时来上访，有时来闲聊，有时只是为了中午食堂的午餐。这是他的老三样，有趣的是，这三件事我都能碰上，所以就和包叔熟悉起来。

　　包叔来上访，只找一把手——区长。对于包叔来说，上访绝不是一件痛苦的事情，脸面从无畏缩馁然之色，相反倒是件快乐提神儿的乐子。他每次都呼啸着来，呼啸着去，制造出很大的动静。有时兴致更好就一步跨进文书室聊上一会儿，这样，我才慢慢知道，包叔的老家在内蒙古，我的原籍恰好也是内蒙古，他从此就叫我"家乡人"。差不多每年的某个时候，我并不记得他是不是好长时间不来了，再出现时，就大声嚷嚷："家乡人啊，我回老家来着，咱们家乡好年景，羊儿肥牛儿壮！"说完就开心的大笑起来，显得略有些小巧的鹰钩鼻尖儿弯下来，几乎抵上了人中。

包叔来闲聊也有趣，从一楼一直到七楼，所有的老同事他都要骚扰一遍。我传递文件时会在某个部门碰上他，因了他会聚一些闲人。人们聚来寻乐子，未必不把包叔当枪使，给自己出气。他全然不在乎，照样针砭时弊，似乎有理有据地把所有在任领导都骂一遍，仿佛他们都是他的不肖子孙。然后一路大叫着："人事局不办人事儿；监察局就是查奸局；文化局没文化。"从这个办公室出来，进另一个办公室，招得各处笑声一片。这些怪话都是有典故的，外人听不出来乐子来。

包叔并不天天到食堂吃饭，起初我也没发现他来吃饭的规律。包叔是抗美援朝时的老兵，自己说在战场上耳朵震坏了，手震抖了。他找领导上访也是为这个。包叔手抖得厉害，每次吃饭遇到他，我都会给他端饭，但从来不忍心看他吃饭，我一直不知道那么抖的手是如何把食物送进口中。心中暗暗想，他如果在家有老伴照顾着也许会好些，但这也就是我一闪念的想法，我知道不能随便参与别人的事情。可是有一天包叔对我说："我这毛病犯得厉害时才来食堂吃饭的，在家，我怕你婶子看我这样子心慌，她心脏不好。"

我记得我当时非常感动，就为这一句话。那天我主动帮包叔把饭碗刷了，他站在食堂中央，神情古怪地看着我。

周而复始，几年过去了，不经意间，包叔不再经常出现在机关楼里了。这也很正常，因为包叔本来就是个普普通通退休老头，对个人对组织都不具有任何影响力。我也并不知道他上访的事情最终有没有结果。当文书很多年，知道有些事没有结果也是正常的，如同有结果一样正常。

虽然包叔一年也来不了几次，但是，他的消息还是有的，他上过电视，广播，被表扬。那时他被区工商局聘去，专门管理没有摊位的零散卖主，市场人多事杂，我记得表扬他的内容有拾金不昧，有勇斗歹徒。

这样又过了几年，当我几乎把包叔全忘了的时候，突然有一天，我接到包家的电话，告诉我包叔去世了，第二天出殡，并嘱我不要告诉区里的任何人，说这是包叔生前交代的。

第二天，我参加了他的葬礼。说实话，我没有什么特别的痛苦，只是对一个生命永远逝去的怜悯。同时，我注意到葬礼的确没有在职的机关人参加。后来听说包家人烧完头七，才把包叔去世的消息通知了组织。

　　包叔去世前嘱咐家人单单通知了我，这到底为什么呢？之后的一段时间，我会在百无聊赖时想想。那是一个幽静的周五，夕阳一点点落了下来，沉静的气氛慢慢弥漫开来，眼前出现了包叔的样子，他笑得很开，略显小巧的鹰钩鼻尖儿弯下来，几乎抵上了人中。我无声地笑了，觉得包叔很有些行为艺术家的范儿。

历　史

我的爷爷叫安天福，天福屯因爷爷得名。

爷爷死在日本人的绞索下。但天福屯的名字不是后人追加的。我爷爷活着的时候屯子就用他的名字了。

我妈妈说，你爷爷豪横，屯子里大小事都是你爷爷出面，就是警察也不敢轻易找麻烦。要不怎么屯子偏偏用你爷爷的名字。

很多年前天福屯就已经没有我们家族的任何血脉了，但天福屯现在仍然是个实实在在的地址：松江县三岔口镇天福屯。

我的爷爷因为通抗联死在日本人的绞索下。可是后面还有意想不到的麻烦。

我妈妈说，你爷爷被抓之后，有一次被日本人压着去了一趟西北河，那里的人都吓破了胆，说：安天福什么不知道？这回得有多少人受株连？果不其然，解放之后给抗联做过事的家属，都能从政府那里领到一头牛。你三大爷去领了，没领来。有人反对，说安天福不是抗联是叛徒。

我问妈妈，到底爷爷是不是抗联。妈妈说，抗是抗了，可你爷爷倒也不是爱国，他就是胆子大，什么事都敢干。他给抗联买粮食买药，是为赚钱。

对这个结局我不满意，就去问爸爸，他却一句话也没有。

姑姑和三大爷来我家的时候，他们讲了爷爷很多英雄故事，一听就是英勇的抗联。可我问那头牛，三大爷很生气，只说让人暗算了。

上世纪八十年代初那次大平反，三大爷想借机把爷爷的问题解决了，我爸爸写信说，算了，万一真有不利。

这件事似乎只能是家族的一个秘密了。

但我总是有意无意地琢磨这件事。那还是讲究对错的年代，到底是妈妈说得对，还是姑姑大爷说得对？

直到我也成了一户人家的媳妇，因为与婆家没有血亲关系，倒是常常能够看清楚亲族之间的纠葛。当过几次和事佬，以为顿开茅塞，很想旧事重提，但是没有机会。

一次看一本社科杂志，一篇文章的题目引起了我的极大兴趣：《天福屯抗联回忆录》，作者是老抗联支福德。我把书拿回父母家，刚说出作者的名字，妈妈就笑了，说：什么支福德，外号老龇牙花子。他可不是抗联。

我大声念了一遍文章。妈妈说，半拉脸让日本人残害了，哪有那回事？他的脸全屯子人都知道是黑瞎子舔的，还是你爷爷把他救下来的，他是个跑腿子没正经地方住，你爷爷用马爬犁拉回咱家，我还给他熬过药呢。他倒的确和你爷爷脚跟脚被日本人抓走的，命好，光复之后就出来了。

爸爸不吱声，我只好问他：支福德是抗联吗？爸爸沉吟了好一会儿说，算是吧，他给抗联做过事。回忆录上不是也说他报信了吗？

妈妈说，没有的事，那次二道河子战役也不是他支福德报的信儿啊，是你爷爷让我去的。这事你爸爸知道，你爷爷和日本人周旋着，脱不开身，本打算让你爸爸偷偷骑马去报信，可你爸爸不会骑马，上去摔下来，上去摔下来，结果我骑着大青马跑了好几十里地在老鸹岭找到抗联的。这么着，抗联就把日本人打得很惨，缴获很多枪支弹药。后来抗联还奖励我一块日本花布料呢。你忘了吗，老头子？

爸爸还是不吱声，我只好又问：妈妈说得对吗？

爸爸说，你妈妈记错了，她送信那次是头道河子战役。

妈妈说，我自己骑马去送的信，难不成还记不清往哪里送吗？

爸爸说，呵呵，可不没记清呗，你送的是头道河子。

妈妈说，就是二道河子。为送信我还小月了，你个没良心的老头子，忘了吗？

爸爸说，流产的事没忘，不过，你的确送的是头道河子。

二道河子……

头道河子……

两位老人像小孩子一样争斗开了。我想他们都八十多岁了，斗斗嘴也是消遣吧，就悄悄退出，坐在雨搭下面的躺椅里，这样我的脸就正好仰着朝向了天空。白白的云朵急匆匆的，我不知道它们从什么地方来，又到哪里去。

两位老人还在争斗，只是，渐渐的，似乎听不到爸爸的声音了……

少年梦·青春梦·中国梦——中国故事
［安石榴］ 完全爱

断　链

一

　　李氏老夫妇一年之内双双谢世，留下的房子、黄金、存款迅速被五个儿女继承。房子出售时，屋里的家电家具等物件又被兄弟姐妹们再度分配。有零星物品不被看好就卖给收旧货的，二十块钱实在羞于瓜分，于是兄弟姐妹们纷纷放弃权利，给了留守的大哥。但也临时起意规定了用途。空旷的地中央有两只大纸箱子，里面是父母一辈子的照片，有的在影集里，大多数散在箱子中，大小长短年代不等的照片大约有一万张！这就是喜欢照相的好处。显然他们不想让父母的魂魄分离，但是谁家也放不下两只大纸箱子，就是每人两千张也难以消受。他们把那二十元钱交给大哥，并建议他打辆出租车，拉到山根儿去烧了吧。

　　大哥说：你们不挑几张留个念想吗？

　　众口一词：不必了，家里有。

　　大哥把两只纸箱子拉到火葬场的祭奠炉，找一个没人用的炉子，掏出打火机，蹲下来一张一张的烧。

　　他沉默着。火中的照片打着卷，扭着身，快速燃烧。照片上的父母亲活了起来，连带出曾经熟悉的场景，他心里一动，眼睛一热，竟然任由着思绪在回忆里掠了过来再掠了过去。

可是，照片完全变成灰烬的时候，父母的音容笑貌悄然远去了。

二

李志豪夫妇生了个宝贝儿子。宝贝的爷爷奶奶姥姥姥爷爸爸妈妈兴高采烈地迎接整个家族珍贵的"玩具"。花一千元请大师测了名字叫李梓。

李梓众星捧月般的长到四岁，奶奶突然发现一个问题：这孩子像谁？

真的谁也不像，不像爸爸妈妈、爷爷奶奶，甚至姥爷姥姥，是一点也不像，就是把两只啤酒瓶子底似的眼镜扣在眼睛上也看不糊涂，这孩子和他们没有一点像的地方。宝贝大大的眼睛，双层上眼睑十分明显。而六位直系血亲一种眼型：单眼睑、小眼睛；两个样式：萝卜尾巴似的长眼角和蒙古式的厚眼皮。

不知不觉中，家庭气氛发生微妙的变化。

"这年头，什么都可能是假的，只有妈是真的。"李志豪以这句流行语拉开战幕，本来有多种选择为他提供解决问题的方法，但是李志豪觉得抱着显然来历不明的小杂种去做亲子鉴定就是更加的自取其辱，历经出言出手不逊之后，他正式出轨。

一个狂风大作的秋夜，两口子把谩骂和打斗推向巅峰，妻子奔进厨房，抄起一把尖锐的刀，向着李志豪扑来。尖刀在白炽灯下放着幽冷刺目的寒光，李志豪跳了起来，他没有躲避，他的嘴张成一个大大的 O 字，迎刃而上！

"住手!!!"巨大的声音震荡着天庭，顷刻化作骤然而下的暴雨，掩盖了一切。

三

李氏老夫妇在天庭发出的一声大叫，李志豪夫妻永远也不会听到，如同李氏老夫妇掌握的证据一样毫无用处。

　　李氏老夫妇在一个幽邃的地方目睹了李家发生的一切，李老太太有气无力地扔下一张照片，一个着海魂衫的四岁男孩的照片，和四岁的李梓一模一样。

　　李老爷子喟然长叹，用拐杖"咚咚"戳着照片：那是我呀，我呀！

　　李老爷子怒目环视身边的五个子女，大声咆哮：我是志豪的祖爷爷，他却连我的照片都没见过。子孙不孝，必遭横事！

　　五具魂魄一惊，倏地四散飘去，李氏夫妇的大儿子飘走时没忘记为自己辩白，小声嘀咕：就是不烧那些相片又能怎么样呢？当年你和妈妈走时志豪还没有出生，跟你们哪来的感情，结果还不是一样？

三岔口

　　三岔口，做小隐之势，藏于黑龙江一段无名山谷之中。三条在烈日下泛着白光的土路鸡爪样把这只有五六户人家的小屯子，小虫儿般踩在脚下。一条，向东北方向潜入无边的原始森林，终结在海参崴，是旱地闯崴子的必经之路；一条向西，穿插于连绵山谷之中，直抵内蒙古草原。最后一条路直通通奔向吉辽，再由那儿连上去关内的路。这条南去的路笔直得疑似急切，却不知道是南来之人急吼吼了呢，还是屯子里向外的奔扑之心不能控制，失去了耐心。

　　屯子里的人家都是外来户，人们对彼此的来路从不过问，突然来了，突然走了，就像日月更迭一样，无从追究。刘瘸子即是。刘瘸子和凤翔两口子开着一个杂货铺，也只不过是开门七样事儿，加上针头线脑儿，微利的买卖，并不以此支撑门户，另有依赖，就是刘瘸子收购山里人的皮货药材，转手卖给山外的人。

　　山高皇帝远的日子就是这样吧，树叶黄了又绿，绿了又黄，没人把日月细数，只见得秋风越加萧瑟，满眼蔫黄，晚上的时光需拢上一个火盆了。

　　刘瘸子和凤翔围坐在火盆旁边，听着秋风从西边那条道上卷来，打着呼哨撞翻在东山上，劈成两股，斜奔向两条向南和东北去的路。两个人不说话，一味地专注于谛听，仿佛风声里有什么故事似的。

风，停歇了下来，似乎路上遇到了什么耽搁住了，久久地不再起。在漫长的回味当中，刘瘸子猛地打了一个激灵，凤翔在暗中看到刘瘸子虚空在火盆上的两只手微微抖了一下。屋门突然打开，一股冷风嗖地窜进来，刘瘸子和凤翔惊愕地扬起脸——

一个高大的黑影立在屋地当中，一动不动。刘瘸子和凤翔扬起的脸立刻点了穴似的僵住了。

黑影无声地开始移动，坐到火炕上去，朝向火盆，身子和脸在一片黑暗中缓缓地现了出来，眉眼仍然有些模糊，而络腮胡子却无数钢针般刺向四面八方的黑夜。

凤翔欠起身，盘着的腿绊住了她，她"咚"地又坐了回去，再重新起身，悄然跪爬过去点了一盏油灯放在小炕桌上。寸高的灯芯儿燃成吃碟大小的光晕，随着骤起骤歇的风声紧一阵松一阵地颤动。

屋子亮了一些，两个男人带着各自的影子小山一样无声无息，静止不动，凤翔探出身子把烟笸箩推向来人，桌上的灯儿像人突然跳祸的右眼皮，突兀地哆嗦了几下。大胡子取出烟袋锅子，探到烟笸箩里的手用了劲，干干的烟叶子发出牛反刍的声音。终于烟袋锅子满了，瓷实实的悬在火盆上空。凤翔爬开去拿曲灯儿，刘瘸子出手阻止了她，他直接伸到火盆里去了，拇指、食指、中指合力在火盆中捏起一块红红的炭块，捏住，似乎并不急于出手，眼睛却定定地看住大胡子。大胡子稳稳地擎着尺把长的烟袋，头稍稍地倾了一倾，嘴就嗑住了烟袋嘴儿，刘瘸子捏着炭块凑近烟袋锅儿，两个人的目光如两具锋利的刀刃相抵，谁也不肯退让。外面的风又狂躁起来，屋子里却死寂成古墓。大胡子仍然嗑着烟袋嘴儿，他不抽吸，烟杆尽头的烟袋锅儿得不到流动的氧气助燃，碎烟叶只能算是一小撮冰冷的土屑。刘瘸子手中的炭块发出温润的红，手指上慢慢地却是突然地滚下滴溜圆的珠子，落在火盆中"噗""噗""噗"的接连升起几缕青烟，一丝焦灼的怪味在三个人的鼻子之间游荡……

第二天清晨，太阳淡淡地挂在天上，似乎想明白了自己的处境。落叶越积越多，院子里，路上。几个人聚集在杂货铺的门前，那门已然用一根硬木顶住了，表明主人不在。

小南蛮蔡宝儿咿咿呀呀地叫起来："清早起，囡囡要小菜吃吃，我是来打酱油的呀，在门口看到一个大胡子捂着肚子向西边那条路冲去了。"他的手臂在空中划了一下，"随后，刘瘸子和女人急急忙忙出来了，两个人跳上马车就向北面的路跑走了呀。"

一个细心人发现了地上一溜血滴，蔡宝儿又咿咿呀呀地叫起来："我看到大胡子捂着肚子的手有血的呀，好多的呀。"

卖豆腐的老杨头挑着空挑子停下，那几个人向他投去询问的眼神，老杨头是屯子里最早起的人。他似乎没有想好是否参与大家的讨论，可是，人们已经围上了他。老杨头叹了口气，带着热河人曲麻菜般苦森森的味道说："蔡宝儿说的对，只是刘瘸子赶车跑了一段，那女人冷不丁从车上跳了下来，手里攥个包袱一路向西追去了。"大家"哦"了一声。老杨头不说话了，却也不走，几个人于是知道还有下文，齐齐地发问："后尾儿呢？"老杨头显出一脸的迷茫："那女人追了一阵子就坐在路上哭，哭了一会子起来掉头回来，转向南大道去了。"老杨头涩涩地摇了头闭上嘴。"后尾儿呢？"大家又问。老杨头摊开手："越走越快，没影儿了。"

一阵秋风骤起，落叶纷纷扬扬。三条长路苍白而凌乱，五六座小虫样的土屋，依然被那巨型鸡爪死死踩住。

 少年梦·青春梦·中国梦——中国故事
〔安石榴〕 完全爱